前言

U0082582

　　本教材分發音、基礎、旅遊、附錄四大部分，課文部分以對話為主，配以相關的詞彙、日常用語、語法、文化小觀察等內容。 對話內容比較貼近生活、簡短實用，便於學生及社會人士自學。本教材以印尼人日常生活、工作的口語為主，但又能學習和掌握規範的語法知識，而且每篇課文都輔以相關的印尼文化和國情知識，為需要與印尼人打交道的人士提供了較為快捷的學習印尼語和瞭解印尼人、印尼文化的素材。

　　本教材在編寫過程中，得到了印尼日惹卡渣瑪達大學對外漢語老師 Ayu Citra 和 Panca 的無私幫助，他們認真負責地修改了對話和日常用語部分，提高了語言的新穎和道地性，在此表示由衷的感謝。感謝廣東外語外貿大學教育技術中心的大力支持和配合。以及感謝國立政治大學外文中心王麗蘭教師的細心審稿。

　　由於編者水準有限，經驗不足，難免會有疏漏和不當之處，誠望各位專家同仁賜教。

目 錄

STEP 01 發音篇

STEP 02 基礎篇

STEP 03 旅遊篇

STEP 04 附錄篇

STEP
01

發音篇

發音簡介

　　印尼語是拉丁字母構成的拼音文字，其最小的書寫單位為字母，最小的發音單位為音素。

印尼語共有 26 個字母： 🔊 01-1

a	b	c	d	e	f
g	h	i	j	k	l
m	n	o	p	q	r
s	t	u	v	w	x
y	z				

　　有 34 個語音音素，分別為單母音音素、二合母音或複合母音音素和子音音素。

1 母音

印尼語母音音素共 9 個。

其中單母音音素 6 個：

a è i o u e

二合母音音素 3 個：

ai au oi

印尼語母音表如下： 🔊 01-2

母音	舌位前後	口腔開閉	嘴唇圓展
a	中	開（低）	不圓
é	前	半開（中低）	舒展
i	前	閉（高）	舒展
o	後	半開（中低）	圓
u	後	閉（高）	圓
e	中	半閉（中央）	不圓

2 子音

印尼語子音音素 25 個：

b	c	d	f	g	h	j	k	kh	l	m	n	ng

ny	p	q	r	s	sy	t	v	w	x	y	z

發印尼語子音時有 7 個地方可以形成阻礙，即有 7 個發音部位：

　　① 雙唇音；② 齒唇音；③ 舌尖中音；④ 舌根音；⑤ 舌面中音；
　　⑥ 混合舌母音；⑦ 喉音。

印尼語子音按發音方法分以下 7 種：

　　① 塞音；② 鼻音；③ 擦音；④ 邊音；⑤ 塞擦音；⑥ 半母音；⑦ 顫音。

印尼語子音表如下：

發音方法	發音部位	雙唇音	齒唇音	舌尖中音	舌面中音	舌根音	混合舌葉音	喉音
塞音	不帶嗓音	p		t		k		
	帶嗓音	b		d		g		
鼻音		m		n	ny	ng		
擦音	不帶嗓音		f	s		kh	sy	h
	帶嗓音		v	z				
顫音				r				
邊音				l				
半母音		w			y			
塞擦音	不帶嗓音						c	
	帶嗓音						j	

Pelajaran 02

單母音和子音、音節、語調 (1)

語音
① 單母音：a é i o u e
② 子音：p b m n
③ 音節
④ 朗讀練習

句型
Apa ini?　　這是什麼？
Ini api.　　這是火。

1 印尼語 6 個單母音 a é i o u e 的發音

🔊 02-1

a
是中央低唇母音。發音時口張大，牙床全開，舌位很低，舌尖不抵下齒，後舌稍稍隆起。與注音符號 "ㄚ" 相似，但後者舌頭要更往後縮。

發音示範 ⇒ a a a

é
是前低平唇母音。發音時先將舌尖抵下齒，前舌向上抬一些，牙床半開，雙唇稍扁。與注音符號 "ㄝ" 相似。

發音示範 ⇒ é é é

i

是前高平唇母音。發音時先將舌尖抵下齒，前舌抬高，牙床幾乎全合，雙唇扁平。與注音符號 "一" 相似。發音時沒有任何摩擦。

發音示範 ⟹ i i i

o

是後低圓唇母音。發音時牙床開至三分之二，雙唇收緊呈圓形。與注音符號 "ㄛ" 相似，但後者牙床開得更大一些。

發音示範 ⟹ o o o

u

是後高圓唇母音。發音時牙床幾乎全合，雙唇收圓，向前稍稍突出。與注音符號 "ㄨ" 相似。

發音示範 ⟹ u u u

e

是中央平唇母音。發音時唇舌和牙床都很自然，肌肉一點也不緊張，舌平放口中，牙床半開，雙唇保持正常。與注音符號 "ㄜ" 相似。

發音示範 ⟹ e e e

✎ **注意**

　　字母 e 在印尼語中代表兩個音素，一個是中低母音，另一個是中央母音。為了便於初學者識別，發音部分的所有中低母音上面標上 "'" 符號，中央母音則不加任何符號。**但實際上印尼語字母 e 不會有符號。**

2 子音 p b m n 的發音部位和發音方法

🔊 02-2

子音	發音部位	發音方法
p	上下唇接觸（雙唇音）	不送氣的清塞音
b	上下唇接觸（雙唇音）	不送氣的濁塞音
m	上下唇接觸（雙唇音）	鼻音
n	舌尖與齒齦接觸（舌尖中音）	鼻音

p

發 p 音時，聲帶外張，聲門大開，氣流能順利通過聲門，聲帶沒有振動，毫不費力地發出來。

發音示範 ⇒ p p p

b

發 b 音時，聲帶合攏，聲門形成一個窄縫，氣流通過時，聲帶受呼出氣流而振動，發出嗓音，讓人覺得費力。

發音示範 ⇒ b b b

m

發 m 音時，雙唇緊閉，氣流從鼻孔中出來，聲帶振動，是鼻音。

發音示範 ⇒ m m m

n

發 n 音時，舌尖接觸齒齦，氣流從鼻孔中出來，聲帶振動，是鼻音。

發音示範 ⇒ n n n

/ 注意

印尼語的 p 與 b 都是雙唇音，但一個是不帶嗓音的清子音，一個是帶嗓音的濁子音；p 與 b 作音尾時，其發音過程至一半即停止，只有雙唇接觸這個動作，而不發出聲音。正因為如此，p 與 b 作音尾時是一致的。

3 音節

音素是最小的語音單位，音素結合構成音節。一個母音可以自成一個音節，a é i o u e 是一個音素，也可以單獨成為一個音節；如：i-ni, a-pa。但大多數音節是由一個母音和子音結合而成的。如：pa-pa, ma-ma。

每個音節包含一個母音音素，這個母音音素是這個音節的主體。在母音音素之前如有子音音素，這個子音音素稱作"起音"，在母音音素之後的子音音素稱為"音尾"。

音節分開音節和閉音節。最末音素是母音的音節稱作"開音節"，如：ma-na，na-ma。最末音素是子音的音節稱作"閉音節"，如：ban，cat。

4 朗讀練習

1 拼音練習　🔊 02-3

【開音節】

子音 ＼ 母音	a	é	i	o	u	e
p	pa	pé	pi	po	pu	pe
b	ba	bé	bi	bo	bu	be
m	ma	mé	mi	mo	mu	me
n	na	né	ni	no	nu	ne

【閉音節】

子音 ＼ 母音	a	é	i	o	u	e
-p	ap	ép	ip	op	up	ep
-b	ab	éb	ib	ob	ub	eb
-m	am	ém	im	om	um	em
-n	an	én	in	on	un	en

② 開音節辨音練習　　　🔊 02-4

papa	pipi	pupu	papi
baba	bibi	bubu	babi
paba	pibi	pubu	pabi
bapa	bipi	bupu	bapi
pépé	popo	pepe	papé
bébé	bobo	bebe	babé
pébé	pobo	pebe	pabé
bépé	bopo	bepe	bapé

3 閉音節辨音練習 🔊 02-5

in － im	en － em	on － am	in － em
im － in	em － en	um － in	an － um
an － am	un － um	un － im	om － in
am － an	um － un	om － un	en － im
on － om	an － om	in － um	im － un
om － on	am － on	um － in	in － un

pam － pan － pap	pem － pen － pep	pen － pem － pep
pém － pén － pép	pan － pam － pap	pap － pam － pan
pim － pin － pip	pén － pém － pép	pép － pém － pén
pom － pon － pop	pon － pom － pop	pop － pom － pon
pum － pun － pup	pun － pum － pup	pup － pum － pun

bam － ban － bap	bem － ben － bep	ben － bem － bep
bém － bén － bép	ban － bam － bap	bap － bam － ban
bim － bin － bip	bén － bém － bép	bép － bém － bén
bom － bon － bop	bon － bom － bop	bip － bim － bin
bum － bun － bup	bun － bum － bup	bin － bim － bip

句型和語調　🔊02-6

Apa ini?　　　Ini api.

這是什麼？　　這是火。

Ini apa?　　　Ini pipi.

這是什麼？　　這是臉頰。

印尼語陳述句的語調——主語微升，謂語略降；

印尼語疑問句的語調——主語微降，謂語略升。

🔊02-7

生詞表

pipi 臉頰	bibi 嬸嬸
apa 什麼	api 火
péna 鋼筆	mana 哪兒
nama 名字	ini 這個
paman 叔叔	papan 木板
babi 豬	bambu 竹

複合母音、子音、音節劃分

語音

① 複合母音： ai au oi

② 子音：t d s sy

③ 詞根音節的劃分

④ 朗讀練習

句型

Apa itu?	Itu pintu.
那是什麼？	那是門。
Siapa dia?	Dia paman.
他是誰？	他是伯父。

1 印尼語 3 個複合母音的發音

ai

是合口雙重母音。發音時，牙床先全開，舌尖不抵下齒，後舌稍稍隆起，然後滑動到牙床幾乎全合。

發音示範 ⟹ ai　ai　ai

au

是合口雙重母音。發音時，由 a 滑動到 u，牙床由全開到幾乎全合，雙唇收圓，稍向前突出。

發音示範 ⟹ au　au　au

oi

是合口雙重母音。發音時，由 o 滑動到 i，牙床由半開到幾乎全合，其中 o 音長些，i 音稍短。

發音示範 ⟹ oi　oi　oi

✎ 注意

印尼語的 3 個複合母音是前響複合母音，分別由兩個字母組成，但只是一個音素，所以與兩個單母音連在一起不同。在印尼語有些詞中，有的是複合母音，有的是兩個單母音。一般來說複合母音僅出現於開音節（借詞例外），如：santai、pandai、pulau、kalau、amboi；ba–it ba–ut。如果是兩個單母音，就應該按兩個母音唸，中間會有過渡音；如果是複合母音，發音時第一個音強而長些，第二個音弱而短些，中間沒有過渡音。

2 子音 t d s sy 的發音部位和發音方法

子音	發音部位	發音方法
t	舌尖齒齦接觸 （舌尖中音）	不送氣清塞音
d	舌尖齒齦接觸 （舌尖中音）	不送氣濁塞音
s	舌尖齒齦接觸 （舌尖中音）	清擦音
sy	舌尖舌面與前硬齶接觸 （混合舌葉音）	清擦音

🔊 03-2

t

發音時，舌尖接觸齒齦，氣流由口中沖出，發出爆破音，聲帶不振動，是清音。

發音示範 ⇨ t t t

d

發音時，舌尖與齒齦接觸，聲帶合攏，氣流通過時，聲帶振動，是濁音。

發音示範 ⇨ d d d

s

發音時，舌尖接近齒齦，氣流從舌尖和齒齦之間形成的縫隙中通過，發生摩擦而成，是清音。

發音示範 ⇨ s s s

sy

發音時，可以先發 s，即舌尖接近齒齦，發 s 時雙唇是扁平的，然後將雙唇收圓突出，幫助舌身抬向硬齶，舌面的兩邊緊靠大齒附近的硬齶，氣流從舌中部的一條通道緩緩流出，摩擦而得。

發音示範 ⇒ sy sy sy

注意

印尼語的 t、d 音都是舌尖中音，區別是：一個是不帶嗓音的清子音，一個是帶嗓音的濁子音；t、d 作音尾時，只有舌尖與齒齦接觸這個動作，而無聲音，所以作音尾時兩者是一致的。

3 詞根音節的劃分

音節的劃分以母音為中心。印尼語的音節有 4 種基本形式：

(1) 只有一個母音（單母音或複合母音），如：

a–da，si–a–pa，i–tu，a–nu

(2) 一個子音加一個母音，如：

ma–na，ba–bi，bi–bi，no–na，pu–lau，pan–tai

(3) 一個母音加一個子音，如：

in–ti，an–da，un–ta，da–un

(4) 一個子音加一個母音再加一個子音，如：

pa–pan，bam–bu，pa–man

注意

劃分音節時必須注意兩點：

(1) 一個子音的前後都是母音時，這個子音一般總是跟後面的母音組成一個音節，不做前面母音的音尾；

(2) 兩個子音在一起，前後都是母音，則一個子音是前面母音的音尾，另一個子音是後一個母音的起音。

4 朗讀練習

1 拼音練習　　　　　　　　　　　🔊 03-3

【開音節】

子音 ＼ 母音	a	é	i	o	u	e	ai	au
t	ta	té	ti	to	tu	te	tai	tau
d	da	dé	di	do	du	de	dai	dau
s	sa	sé	si	so	su	se	sai	sau
sy	sya	syé	syi	syo	syu	sye		

【閉音節】

子音 ＼ 母音	a	é	i	o	u	e
-t	at	ét	it	ot	ut	et
-d	ad		id		ud	
-s	as	és	is	os	us	es

2 開音節辨音練習　　　　　　　　　　　　🔊 03-4

tata	dédé	tidi	doto	tete
dada	tédé	diti	tutu	dede
tada	dété	toto	dudu	tede
data	titi	dodo	tudu	dete
tété	didi	todo	dutu	todu
pata	peta	poto	putu
bata	beta	boto	butu
pada	peda	bodo	pudu

3 開音節辨音練習　　　　　　　　　　　　🔊 03-5

tat	dat	tét	dét	tit	dit	tot	dot	tut	dut
tap	dap	tép	dép	tip	dip	top	dop	tup	dup
bap	bat	bép	bét	bip	bit	bop	bot	bup	but
pap	pat	pép	pét	pip	pit	pop	pot	pup	put

句型

🔊 03-6

(1)

Apa itu / Itu apa?	Itu tas.
那是什麼？	那是包包。
Apa itu?	Itu pisau.
那是什麼？	那是刀子。
Apa itu?	Itu topi.
那是什麼？	那是帽子。

(2)

Apa ini / Ini apa?	Ini batu.
這是什麼？	這是石頭。
Apa ini?	Ini sepatu.
這是什麼？	這是鞋子。
Apa ini?	Ini sepéda.
這是什麼？	這是腳踏車。

(3)

Siapa dia / Dia siapa?	Dia paman.
他是誰？	他是伯父。
Siapa itu / Itu siapa?	Itu teman.
那是誰？	那是朋友。
Siapa ini?	Ini tamu.
這是誰？	這是客人。

🔊 03-7

生詞表

itu 那個	bata 磚
dia 他、她	teman 朋友
tas 包包	batu 石頭
sapu 掃帚	mata 眼睛
pintu 門	daun 葉子
siapa 誰	sepatu 鞋子
pisau 刀子	sepéda 腳踏車
topi 帽子	tamu 客人

Pelajaran 04

子音、詞重音

語音　　① 子音：k g r l y w

　　② 詞重音

　　③ 朗讀練習

句型　　Siapa nama Anda?　　Nama saya Li Li?
　　您的名字是什麼？　　　我的名字是李莉。

　　Mana tas Anda?　　　Ini tas saya.
　　您的包包在哪裡？　　　這是我的包包。

1 子音 k g r l y w 的發音部位和發音方法

🔊 04-1

子音	發音部位	發音方法
k	舌根軟齶接觸（舌根音）	不送氣的清塞音
g	舌根軟齶接觸（舌根音）	不送氣的濁塞音
r	舌尖齒齦接觸（舌尖中音）	顫音
l	舌尖齒齦接觸（舌尖中音）	邊音
y	舌面後硬齶接觸（舌面中音）	半母音
w	上下唇接觸（雙唇音）	半母音

k

發音時，後舌隆起，氣流從喉嚨口用力沖出來，發出爆破音，聲帶不振動，是清音。

發音示範 ⇨ k k k

g

發音部位與 k 一致，但聲帶合攏，聲門形成一個窄縫，氣流通過時，聲帶振動，是濁音。

發音示範 ⇨ g g g

r

發音時，舌尖抬向齒齦後部，當氣流沖出時，舌尖上下顫動。發這個音的關鍵在於舌尖向上翹起時不能太用力，舌尖放鬆。

發音示範 ⇨ r r r

l

發音時，將舌尖抵齒齦，氣流從舌的兩旁空隙處流過。

發音示範 ⇨ l l l

y

發音時，將後舌抬高，雙唇收圓，向前稍突出，加上雙唇的摩擦而成。

發音示範 ⇨ y y y

發音時，將舌面抬高，並將舌身抬向硬齶，摩擦而成。

發音示範 ⇒ w w w

✏ **注意**

　　印尼語的子音 k、g 都是舌根音，區別在於一個是不帶嗓音的清音，一個是帶嗓音的濁音；k、g 在作音尾時，都只要做舌根與軟齶接觸這個動作，而不發出聲音，所以兩者一致。

2 詞重音

　　在印尼語中，詞的重音不像英語那麼明顯，而且它也沒有區別意義的作用。因此，唸單個詞時不宜過分明顯念出詞重音。一般情況下，兩個音節的詞，詞重音落在後一個音節上，如：paman, guru；兩個音節以上的詞，詞重音則落在倒數第二個音節上，如：selamat, mahasiswa。

3 朗讀練習

1 拼音練習　　　　　　　　　　　　　◀))04-2

【開音節】

母音 子音	a	é	i	o	u	e	ai	au
k	ka	ké	ki	ko	ku	ke	kai	kau
g	ga	gé	gi	go	gu	ge	gai	gau
r	ra	ré	ri	ro	ru	re	rai	rau
l	la	lé	li	lo	lu	le	lai	lau
y	ya	yé	yi	yo	yu	ye	yai	yau
w	wa	wé	wi	wo	wu	we	wai	wau

【閉音節】

母音 子音	a	é	i	o	u	e	ai	au
-k	ak	ék	ik	ok	uk	ek	aik	auk
-g	ag	ég	ig	og	ug	eg	aig	aug
-r	ar	ér	ir	or	ur	er		
-l	al	él	il	ol	ul	el		

2 開音節辨音練習　　　　　　　　　　🔊 04-3

kaka	kéké	kiki	koko	kuku	keke
gaga	gégé	gigi	gogo	gugu	gege
kaga	kégé	kigi	kogo	kugu	kege
gaka	géké	giki	goko	guku	geke

3 閉音節辨音練習　　　　　　　　　　🔊 04-4

kakak	gégek	kagap	gékép	kékét
gagak	kégék	gakap	kakat	kikik
kagak	gékék	kékép	gagat	gigik
gakak	kakap	gégép	kagat	kokok
kékék	gagap	kégép	gakat	gogok

句型

🔊 04-5

(1)

Siapa nama Anda?　　　　　　Nama saya Li Li.

您的名字是什麼？　　　　　　我的名字是李莉。

Siapa nama Anda?　　　　　　Nama saya Ma Li.

您的名字是什麼？　　　　　　我的名字是瑪莉。

(2)

Mana tas Anda?　　　　　　　Ini tas saya.

您的包包在哪裡？　　　　　　這是我的包包。

Mana guru kami?　　　　　　　Ini guru Anda sekalian.

我們的老師在哪裡？　　　　　這是您們的老師。

Mana ibu Anda?　　　　　　　Itu ibu saya.

您的媽媽在哪裡？　　　　　　那是我媽媽。

Mana toko buku?　　　　　　　Itu toko buku.

書店在哪裡？　　　　　　　　這是書店。

Mana lampu baru?　　　　　　Ini lampu baru.

新的電燈在哪裡？　　　　　　這是新的電燈。

注意

印尼語定語一般在中心詞之後。

🔊 04-6

生詞表

saya 我	Anda 你，您
Anda sekalian 你們	kami 我們
guru 老師	lampu 燈
kakak 哥哥、姐姐	adik 弟弟、妹妹
lantai 地板	kertas 紙
kursi 椅子	kepala 頭
mulut 嘴	baru 新
lama 舊	ibu 媽媽、夫人、女老師
bapak 父親、先生、男老師	murid 學生
toko 商店	buku 書

子音、音位變體、語調 (2)

語音
① 子音： h kh ng ny

② 音位變體

③ 語調

④ 朗讀練習

句型

Tas itu tas siapa?　　Tas itu tas saya.

那個包包是誰的？　　那個包包是我的。

Tas itu tas apa?　　Tas itu tas sekolah.

那是什麼包包？　　那是書包。

1 印尼語子音 h kh ng ny 的發音部位和發音方法

◀) 05-1

子音	發音部位	發音方法
h	聲帶收縮 （喉音）	清擦音
kh	舌根軟顎接觸 （舌根音）	清擦音
ng	舌根軟顎接觸 （舌根音）	鼻音
ny	舌面後硬顎接觸 （舌面中音）	鼻音

h

發音時，氣流從兩條聲帶間的縫隙通過，摩擦聲門而成，是清音。

發音示範　⇒　h　h　h

kh

發音部位與 k 相同，但發音時舌根沒有堵住氣道，不讓氣流順利出來，而必須擠出來。

發音示範　⇒　kh　kh　kh

ng

發音時，舌根與軟齶接觸，氣流從鼻孔中出來，是鼻音。它作起音時發成 nge；作尾音時發成 eng。

發音示範　⇒　ng　ng　ng

ny

發音時，舌面貼著硬齶，聲帶振動，牙床微開，氣流一部分由鼻腔中出來，一部分通過舌面和硬齶的縫隙出來。不能作尾音。

發音示範　⇒　ny　ny　ny

注意

(1) 後三個子音是分別由兩個字母組成的音素，劃分音節時不能分開；

(2) 子音 ny 與 n 的主要區別在於前者是舌面貼著硬顎，而後者是舌尖貼著齒齦；

(3) 子音 ng 作起音時音強而長，如前後都有母音，那麼它既作前面母音的尾音又作後面母音的起音；

(4) 子音 kh 在現代印尼語中已不多用，它作尾音時相當於喉音 h。

2 音位變體

音位是具體語言中能獨立區分語素或詞的語音外殼的最小語音單位。一個音位的具體表現形式叫作音位變體。音位變體主要是音位在語流中所處的語音環境造成的，如相鄰音位的特點、與重音的距離、處於詞首或詞末等等，都會對音位的表現形式產生影響，也就造成不同的音位變體。印尼語主要的音位變體有：

(1) 高母音 u 如果出現在以 h, r, ng 和 k 作音尾的單詞中時，唸成 u 與 o 之間的音。例：untuk, masuk, duduk, patuh, kapur, patung, dukung。

(2) 高母音 i 如果出現在詞尾是閉音節或前一個音節是開音節，後一個音節又含有 i 的單詞中時，唸成英語中的短音 / i /。例：titik, topik, adik, gigit。

(3) 中低母音 é 如果出現在詞尾是閉音節的單詞中時，唸成英語中的短音 / ɛ /。例：nénék, kakék, pésék。

(4) 中低母音 o 如果出現在閉音節或前一個音節是開音節，後一個音節又含有 o 的單詞中時，唸成與英語相似的短音 / ɔ /。如：rokok, jorok, kokok, borok。

(5) 舌根音 k 做音尾時，在外來借詞中唸成與英語 / k / 相似的音。例：politik, taktik；而在印尼語中其發音只到成阻階段。例：tidak, rokok, duduk。

(6) 喉音 h 處在兩個不同的母音中間時是聲門擦音，氣流很弱，基本上聽不到聲音。例：tahu, tahun, lihat；其作音尾時則不必發擦音，只需在母音發完後再加一股送氣。例：sudah, patah, butuh；如出現在相同的母音之間的音節則發得重一些。例：mahal, léhér, suhu, paha。

3 語調

◀)05-2

→Tas　↗itu　→tas　↗apa?

→Tas　↗itu　→tas　↗sekolah.

→Tas　↗itu　→tas　↗siapa?

→Tas　↗itu　→tas　↘saya.

4 朗讀練習

1 拼音練習

◀)05-3

【開音節】

子音 ＼ 母音	a	é	i	o	u	e	ai	au
h	ha	hé	hi	ho	hu	he	hai	hau
kh	kha	khé	khi	kho	khu	khe	khai	khau
ng	nga	ngé	ngi	ngo	ngu	nge	ngai	ngau
ny	nya	nyé	nyi	nyo	nyu	nye	nyai	nyau

【閉音節】

子音 ＼ 母音	a	é	i	o	u	e
-h	ah	éh	ih	oh	uh	eh
-kh	akh		ikh			
-ng	ang	éng	ing	ong	ung	eng

② 開音節辨音練習　🔊 05-4

nga	nya	na	ngé	nyé	né	ngi	nyi	ni
ngo	nyo	no	ngu	nyu	nu	nge	nye	ne

ngana	nyana	nanya	nyanyi
nyini	ngona	nonyo	ngunu
nyunu	nunyu	nyonya	nona

③ 閉音節辨音練習　🔊 05-5

an	am	ang	én	ém	éng	in	im	ing
on	om	ong	un	um	ung	en	em	eng
yin	yim	ying	yun	yum	yung	sin	sim	sing
hin	him	hing	win	wim	wing	lin	lim	ling

dah	tah	déh	téh	dih	tih	doh	toh	duh	tuh
bah	pah	béh	péh	bih	pih	boh	poh	buh	puh
gah	kah	géh	kéh	gih	kih	goh	koh	guh	kuh

句型

🔊 05-6

(1)　Tas ini tas siapa?　　　　　Tas ini tas saya.
　　這個包包是誰的？　　　　　這個包包是我的。

　　Ini tas siapa?　　　　　　　Ini tas saya.
　　這是誰的包包？　　　　　　這是我的包包。

　　Tas siapa ini?　　　　　　　Ini tas saya.
　　這是誰的包包？　　　　　　這是我的包包。

　　Kamar itu kamar siapa?　　　Kamar ini kamar saya.
　　那個房間是誰的？　　　　　這個房間是我的。

　　Itu kamar siapa?　　　　　　Itu kamar saya.
　　那是誰的房間？　　　　　　那是我的房間。

　　Kamar siapa itu?　　　　　　Itu kamar saya.
　　那是誰的房間？　　　　　　那是我的房間。

(2)　Tas itu tas apa?　　　　　　Tas itu tas sekolah.
　　那是什麼包包？　　　　　　那是書包。

　　Itu tas apa?　　　　　　　　Itu tas sekolah.
　　那是什麼包包？　　　　　　那是書包。

　　Tas apa itu?　　　　　　　　Itu tas sekolah.
　　那是什麼包包？　　　　　　那是書包。

　　Toko itu toko apa?　　　　　Toko itu toko kertas / sepéda / sepatu.
　　那是什麼店？　　　　　　　那是紙店、腳踏車店、鞋店。

　　Itu toko apa?　　　　　　　　Itu toko kertas / sepéda / sepatu.
　　那是什麼店？　　　　　　　那是紙店、腳踏車店、鞋店。

　　Toko apa itu?　　　　　　　　Itu toko kertas / sepéda / sepatu.
　　那是什麼店？　　　　　　　那是紙店、腳踏車店、鞋店。

日常用語

 05-7

Selamat pagi!
早安

Selamat pagi!
早安

Selamat siang!
午安 (中午)

Selamat siang!
午安 (中午)

Selamat soré!
午安 (下午)

Selamat soré!
午安 (下午)

Selamat malam!
晚安

Selamat malam!·
晚安

05-8

生詞表

bahasa 語言	mandi 洗澡
tidur 睡覺	menengah 中等
Tionghoa 中華	selamat 平安
siang 中午	malam 晚上
kelas 班、班級	kamar 房間
makan 吃、吃飯	sekolah 學校
dasar 基礎	Indonésia 印尼
pagi 上午	soré 下午
ruang 空間，廳	mahasiswa 大學生

子音、語調（3）

語音　① 子音：c j z f v q x

　　　② 語調

　　　③ 朗讀練習

句型　Itu tas Anda?
那是您的包包？

Ya, itu tas saya.
是的，那是我的包包。

Bukan, itu bukan tas saya.
不是，那不是我的包包。

1 子音 c j z f v q x 的發音方法和發音部位

◀)) 06-1

子音	發音部位	發音方法
c	舌尖舌面前顎接觸 （混合舌葉音）	清塞擦音
j	舌尖舌面前顎接觸 （混合舌葉音）	濁塞擦音
z	舌尖齒齦接觸 （舌尖中音）	濁擦音
f	上唇下齒接觸 （唇齒音）	清擦音
v	上唇下齒接觸 （唇齒音）	濁擦音
q	唸 k 音，舌根軟顎接觸 （舌根音）	
x	作起音時發 s 音；作尾音時發 ks 音	

c

發音時，舌尖先頂在齒齦後部，不留縫隙，然後慢慢放開，成一隙縫，氣流緩緩從中沖出，聲帶沒有振動。只作起音，不作尾音。

發音示範 ⇒ c c c

j

發音時，舌尖先頂在齒齦後部，不留縫隙，然後慢慢放開，成一隙縫，氣流從中沖出，聲帶振動。只在少數借詞中作尾音。

發音示範 ⇒ j j j

z

發音部位與發 t 音時的相同，但是聲帶振動，是濁音。只在少數借詞中作起音。

發音示範 ⇒ z z z

f

發音時，將上齒放在下唇上，氣流從上齒與下齒間的縫隙通過，與齒唇摩擦而成，是清音。如：fajar，sufi，maaf，nafkah。

發音示範 ⇒ f f f

發音時，將上齒放在下唇上，氣流從上齒與下齒間的縫隙通過，與齒唇摩擦，聲帶振動，是濁音。只出現在借詞中，並且只作起音，但一般都發成 f 音。例如：vak, variasi, visa, vokal, télévisi。

發音示範 ⇨ v v v

發成 k 音，而且只出現在借詞中。如：Quran, quota, quorum 讀成 kur-an, kuota, kuorum。子音 q 只作起音，不作音尾。

發音示範 ⇨ q q q

作起音時發成 s 音，只出現在借詞中的第一個音節。如：xantat，xénon，xilofon。作尾音時發成 ks，寫成 ks，如：latéks。如果 x 之後緊接的是子音，ks 自成一個音節，如：ékspor；如緊接的是母音，那麼 ks 中的 s 成為後面母音的起音。如：taksi。

發音示範 ⇨ x x x

2 用語調表示的疑問句

🔊 06-2

Itu tas Anda?	那是您的包包？
Tas itu tas Anda?	那包包是您的包包？
Itu buku baru?	那是新書？
Buku itu buku baru?	那書是新書？

3 朗讀練習

1 拼音練習

🔊 06-3

【開音節】

子音 \ 母音	a	é	i	o	u	e	ai	au
c	ca	cé	ci	co	cu	ce	cai	cau
j	ja	jé	ji	jo	ju	je	jai	jau
z	za	zé	zi	zo	zu	ze	zai	zau
f	fa	fé	fi	fo	fu	fe	fai	fau
v	va	vé	vi	vo	vu	ve	vai	vau
x	xa	xé	xi	xo	xu	xe	xai	xau

【閉音節】

子音 \ 母音	a	é	i	o	u	e
-f	af	éf	if	of	uf	ef
-x	aks	éks	iks	oks	uks	eks

2 開音節辨音練習 🔊 06-4

caca	cucu	jiji	zaza
cécé	cece	jojo	zézé
cici	jaja	juju	zozo
coco	jéjé	jeje	caja
paca	kaca	ngaca	kaza
baca	gaca	nyaca	gaza
taca	kaja	ngaja	taza
daca	gaja	nyaja	daza

3 閉音節辨音練習 🔊 06-5

cal	jol	cir	jon	jing
jal	cul	jir	cun	cong
cél	jul	cor	jun	jong
jél	car	jor	can	cung
cil	jar	cur	jan	jung
jil	cér	jur	jén	cang
col	jér	cén	cin	jéng

句型

06-6

（用語調表示的疑問句）

Itu tas Anda?
那是您的包包？

— Ya, itu tas saya.　　　　　　Bukan, itu bukan tas saya.
是的，那是我的包包。　　　　不是，那不是我的包包。

Ini surat kabar?
這是報紙？

— Ya, ini surat kabar.　　　　　Bukan, ini bukan surat kabar.
是的，這是報紙。　　　　　　不是，這不是報紙。

Mobil itu mobil Anda?
那車子是您的車子？

— Ya, mobil itu mobil saya.　　Bukan, mobil itu bukan mobil saya.
是，那車子是我的車子。　　　不是，那車子不是我的車子。

Itu majalah lama?
那是舊雜誌？

— Ya, itu majalah lama.　　　　Bukan, itu bukan majalah lama.
是，那是舊雜誌。　　　　　　不是，那不是舊雜誌。

Sekolah itu sekolah baru?
那學校是新學校？

— Ya, sekolah itu sekolah baru. Bukan, sekolah itu bukan sekolah baru.
是，那學校是新學校。　　　　不是，那學校不是新學校。

Ini kursi Anda?
這是您的椅子？

— Ya, ini kursi saya.　　　　　Bukan, ini bukan kursi saya.
是，這是我的椅子。　　　　　不是，這不是我的椅子。

Dia kakak Anda?
他是您的哥哥 / 姊姊？

— Ya, dia kakak saya.　　　　　Bukan, dia bukan kakak saya.
是，他是我的哥哥 / 姊姊。　　不是，他不是我的哥哥 / 姊姊。

日常用語

◀)) 06-7

Apa kabar?
你好嗎？

Kabar baik.
好。

Silakan masuk.
請進。

Silakan duduk.
請坐。

Terima kasih!
謝謝。

Kembali.
不客氣／一樣 (還回)。

◀)) 06-8

生詞表

ya 是	saudara 你、兄弟姐妹
lelaki 男人	masuk 進
baik 好	kembali 不客氣
tangan 手	surat 信
mobil 汽車	bukan 不是
perempuan 女人	silakan 請
kabar 消息	terima kasih 謝謝
duduk 坐	tata bahasa 語法
surat kabar 報紙	majalah 雜誌

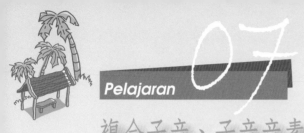

複合子音、子音音素辨音練習

1 外來子音組合

前面已經提及印尼語的音節有 4 種基本形式。印尼語在吸收外來詞時，有的按照印尼語的拼音規則加以改造，有的則原封不動，保留其原來的拼法。這樣一來，印尼語的音節就多了以下 8 種形式：

⑴ 兩個子音作起音加一個母音。如：tragis, tropis, kronik, krisis, gratis, pléno, studi, spion。

⑵ 一個母音加兩個子音作起音，再加一個子音作音尾。如：blangko, blok, drastis, amplop, komprés, kontrak, praktis, kristal。

⑶ 一個母音加兩個子音作音尾。如：ékspédisi, éksploitasi。

⑷ 一個母音加一個子音作起音，再加兩個子音作音尾。如：pérs, téks, kontéks, inténs。

⑸ 一個母音加兩個子音作起音，再加兩個子音作音尾。如：kompléks。

⑹ 一個子音加三個子音作起音。如：strata, sklérosis, strategi, instrumén。

⑺ 一個母音加三個子音作起音，再加一個子音作音尾。如：inskripsi, skripsi, instruksi, struktur。

⑻ 一個母音加一個子音作起音，再加三個子音作音尾。如：korps。

　　為印尼語所吸收的二合子音和三合子音不少，劃分這些外來詞的音節時要注意：這些子音組合不能分開。一個詞中如出現兩個或兩個以上並列的子音，則在第一個和第二個子音間劃分音節。例如：sastra 應劃分為 sas-tra，instruktur 應劃分為 in-struk-tur。

作起音的子音組合： 🔊 07-1

bl － blak, blandong, blangko, blaster, blok

fl － flanél, flat, fléksi, flénsa, flora

gl － gladiator, glasial, glenik, glidik, global

kl － aklamasi, iklim, klakson, klas, klasifikasi

pl － plagiat, plakat, plakségel, planét, plastik

sl － beslah, beslit, onslah, slang, slogan

br － brankar, brédél, bréndi, bréngsék, brigade

dr － drama, drastis, drél, dril, drum

fr － fragmen, fraksi, frékuénsi, frontal, infra

gr － grafik, grafit, gram, gramopon, granat

kr － kram, kran, krédit, kréolin, kriminat

pr － komprés, prakték, Prancis, prédikat, présidén

tr － antri, éléktronik, gatra, géométri, kontrak

éks － ékspedisi, ékspérimén, éksprés, ékspor, éksposisi

ps － pséudo, psikologi, psikologis,

st — institut, konstitusi, stabil, stadion, staf

kw — kwalifikasi, kwalitas, kwalitatif, kwantitas, kwartal

sw — swadési, swasembada, swasta, swatantra, swastika

sk — skala, skandal, skénario, skéts, ski

sp — inspéktur, spanduk, spékulasi, spésial, spésifikasi

str — instrukmén, instruksi, konstruksi, stratégi, struktur

2 子音音素辨音練習

07-2

pipi 臉頰	bibi 嬸嬸
pagi 早上	bagi 分
pola 圖樣	bola 球
pulang 回家	bulan 月
pantai 岸	bantai 屠殺
puas 滿意	buas 兇殘
pakar 專家	bakar 燃燒
pakai 用、穿	bagai 種類
pening 頭痛	bening 晴朗的

t – d

07-3

tata 法則	data 資料
tari 舞	dari 從
setia 忠誠	sedia 準備好
tua 老	dua 二
tolong 幫助	dorong 推
teman 朋友	demen 喜歡
tugas 職責	dugas 急走
tulang 骨頭	dulang 木盤
tampar 耳光	dampar 衝擊

k – g

07-4

kali 小河	gali 挖
laku 暢銷	lagu 歌
laki 老公	lagi 又
kelas 班級	gelas 玻璃
tungku 爐灶	tunggu 等
kawat 金屬線	gawat 危急
kemas 整理好的	gemas 惱恨
kembali 不客氣	gembala 牧人
kikik 咯咯地笑	gigit 咬

c – j

🔊 07-5

cari 尋找

jari 手指

cuka 醋

juga 也

kancil 鼷鹿

ganjil 奇數的

cara 方法

jara 小鑽

baca 朗讀

baja 鋼鐵

kecam 批評

kejam 殘酷

cungkil 剔、挖的工具

jungkir 倒立

curang 舞弊

jurang 峽谷

kaca 鏡子

gajah 大象

n – l

🔊 07-6

nama 名字

lama 久

nada 音調

lada 胡椒

niat 意圖

liat 韌

guna 好處

gula 糖

menawan 吸引

melawan 反抗

namun 只是

lamun 注意力不集中

naga 龍

laga 打鬥

menarikan 跳舞

melarikan 帶著跑

l – r

07-7

lagi 又	ragi 酵母
lupa 忘記	rupa 樣子
lagu 歌	ragu 猶豫
lusa 後天	rusa 鹿
liang 洞穴	riang 歡樂
lalat 蒼蠅	larat 漂泊
tali 繩	tari 舞
lencana 徽章	rencana 計畫
léktor 講師	réktor 校長

m – n

07-8

demam 發燒	demen 喜歡
awam 普通的	awan 雲
makam 墳墓	makan 吃
langgam 樣式	langgan 訂購
tampak 看得到	tanpa 沒有

STEP
02

基礎篇

Pelajaran 08

數詞、量詞

1 數詞

1 數詞單位

 08-1

印尼語中數詞單位有十、百、千、百萬、十億、兆等。

十	➡ puluh	百	➡ ratus
千	➡ ribu	百萬	➡ juta
十億	➡ milyar	兆	➡ triliun

2 基數詞

08-2

	—belas	—puluh	—ratus
1 — satu	11 — sebelas	10 — sepuluh	100 — seratus
2 — dua	12 — dua belas	20 — dua puluh	200 — dua ratus
3 — tiga	13 — tiga belas	30 — tiga puluh	300 — tiga ratus
4 — empat	14 — empat belas	40 — empat puluh	400 — empat ratus
5 — lima	15 — lima belas	50 — lima puluh	500 — lima ratus
6 — enam	16 — enam belas	60 — enam puluh	600 — enam ratus
7 — tujuh	17 — tujuh belas	70 — tujuh puluh	700 — tujuh ratus
8 — delapan	18 — delapan belas	80 — delapan puluh	800 — delapan ratus
9 — sembilan	19 — sembilan belas	90 — sembilan puluh	900 — sembilan ratus

21 = dua puluh satu

33 = tiga puluh tiga

76 = tujuh puluh enam

101 = seratus satu

227 = dua ratus dua puluh tujuh

852 = delapan ratus lima puluh dua

3 序數詞　　　　　　　　　　　　　　　　　　◀)) 08-3

印尼語中的序數詞通常在基數詞前加前綴 ke-，如：

ke + satu	➡	kesatu （pertama）	第一
ke + dua	➡	kedua	第二
ke + sepuluh	➡	kesepuluh	第十
ke + dua belas	➡	kedua belas	第十二
ke + empat puluh	➡	keempat puluh	第四十

✒ 注意

ke- 可以省略。如：

tingkat kedua ➡ tingkat dua　　　lantai keempat ➡ lantai empat

4 總數　　　　　　　　　　　　　　◀》08-4

印尼語總數表達法有：

❶ 數詞加前綴 ke- 位於所修飾的名詞前表示總數。如：

kedua gadis	2 位女孩
ketiga mahasiswa	3 位大學生
kesepuluh tamu	10 位客人

❷ 數詞加前綴 ber- 位於人稱代詞後表示總數。如：

kami berdua	我們兩位
mereka bertiga	他們三位
kalian berenam	你們六位

5 概數　　　　　　　　　　　　　　◀》08-5

印尼語中概數主要有： barang, kira-kira, kurang lebih, lebih kurang, sekitar 等，它們相當於中文的 "大約"、"大概"、"⋯⋯左右"。如：

Mahasiswa di ruang kelas kurang lebih 20 orang.
教室裡的大學生約 20 位。

Saya akan tinggal di Beijing barang 5 hari.
我將在北京待 5 天左右。

Tamu yang datang hari ini kira-kira 10 orang.
今天來的客人大約有 10 位。

2 量詞

08-6

印尼語中量詞主要有三個：指人時用 orang，指物時用 buah，指動物時用 ekor。量詞可省略不用。如：

tiga orang pelajar	= tiga pelajar	3 名中學生
dua ekor kambing	= dua kambing	2 頭羊
empat buah kursi	= empat kursi	4 把椅子

時間表達法

1 年、月、日的表達

🔊 09-1

年 tahun 　　 月 bulan 　　 日 hari 　　 日期 tanggal

1988 年 ➡ tahun 1988

（讀作： tahun seribu sembilan ratus delapan puluh delapan）

2009 年 ➡ tahun 2009

（讀作： tahun dua ribu sembilan）

2 十二個月的表達

🔊 09-2

Januari	一月	Fébruari	二月
Maret	三月	April	四月
Méi	五月	Juni	六月
Juli	七月	Agustus	八月
Séptémber	九月	Oktober	十月
Novémber	十一月	Désémber	十二月

如 2004 年 3 月 18 日 ➡ tanggal 18 Maret 2004

3 季節的表達

◀) 09-3

musim semi　春　　　　　　　　　　　　musim panas 夏

musim rontok 或 musim ququr　秋　　　　musim dingin 冬

事實上，印尼是熱帶國家，只有兩季，即雨季和旱季。

musim hujan 雨季

musim kemarau 或 musim kering 旱季

4 星期的表達

◀) 09-4

Senin	星期一	Selasa	星期二
Rabu	星期三	Kamis	星期四
Jumat	星期五	Sabtu	星期六
Minggu	星期日	tiga minggu	三週

注意

　　星期五應唸作 Jum´at，星期也是用 minggu 表示，但首字母不用大寫。

5 小時、鐘點的表達

印尼語時間的單位：

小時 ➡ jam　　　　分鐘 ➡ menit　　　　秒 ➡ detik

鐘點 ➡ jam 或 pukul

如　tiga jam ➡ 3 小時　　　jam / pukul tiga ➡ 3 點鐘

具體的鐘點表達：

2 點鐘	jam dua	（pukul 02:00）
5 點整	jam lima tepat	
3 點 10 分	jam tiga lebih sepuluh menit	（pukul 03:10）
4 點 25 分	jam empat lebih dua puluh lima menit	（pukul 04:25）
6 點差 5 分	jam enam kurang lima menit	（pukul 05:55）
7 點過 5 分	jam tujuh léwat lima menit	（pukul 07:05）
8 點半	jam setengah sembilan	（pukul 08:30）
	或 jam delapan tiga puluh	
9 點 15 分	jam sembilan lima belas	（pukul 09:15）
	或 jam sembilan lewat lima belas	
	或 jam sembilan seperempat	
5 點 45 分	jam lima empat puluh lima	（pukul 05:45）
	或 jam enam kurang seperempat	

6 其他一些時間的表達

🔊 09-6

hari ini 今天	pagi ini 今天早上	Sabtu pagi 星期六早上
minggu ini 這週	minggu depan 下週	minggu lalu 上週
bulan ini 這個月	bulan depan 下個月	bulan lalu 上個月
tahun ini 今年	tahun depan 明年	tahun lalu 去年

siang ini 今天中午 　　Minggu siang 星期日中午

soré ini 今天下午 　　Rabu soré 星期三下午

malam ini 今天晚上 　　Kamis malam 星期四晚上

bésok siang 明天中午 　　kemarin soré 昨天下午

lusa malam 後天晚上 　　dua hari yang lalu 前天

lima hari yang lalu 五天前

✏ 注意

Minggu malam ➡ 星期日晚上

malam Minggu ➡ 星期六晚上

稱呼語

> 會話 ❶ <

 10-1

A Selamat sore, Pak!
午安，先生！

B Selamat sore, Bu!
午安，夫人！

A Bapak orang mana?
您是哪兒人？

B Saya orang Taiwan. Kalau Ibu?
我是台灣人，您呢？

A Saya orang Indonesia.
我是印尼人。

B Ibu bertamasya ke Taiwan ya?
您來台灣旅遊？

A Iya.
是的。

B Bagaimana kota Taiwan?
台灣怎麼樣？

A Taiwan kota yang bagus.
台灣很不錯。

B Terima kasih!
謝謝！

> 會話 ❷ <

🔊)) 10-2

A Selamat pagi, Mas!
早安，先生！

B Selamat pagi, Mbak!
早安，小姐！

A Anda mau pergi ke mana?
您去哪兒？

B Saya pergi ke Surabaya.
我去泗水。

A Saya juga pergi ke Surabaya.
我也去泗水。

B Jadi kita bisa pergi bersama-sama.
那我們結伴而行吧。

> 會話 ❸ <

◀) 10-3

A Apa kabar, Bu Mutia?
好久不見，您還好嗎，姆蒂雅阿姨？

B Kabar baik! Bagaimana kamu?
我很好。你呢？

A Baik juga.
我也很好。

B Kamu lagi sibuk?
你現在很忙？

A Ya. Saya mesti menyelesaikan tugas ini.
是啊，我得把這工作做完。

B Kalau begitu, saya pulang dulu ya.
那麼我先回去了。

A Selamat jalan!
慢走！

B Selamat bekerja!
好好工作！

生詞表

orang 人	kalau 假如
bagaimana 怎麼樣	bertamasya 旅遊
iya（口語）= ya 是的，對	kota 城市
yang 置定語前，起連接定語和中心詞的作用	bagus 漂亮
Mas 哥哥、老公、老兄、對男子的敬稱	Mbak 大嫂、大姐、小姐、對女子的敬稱
juga 也	mau 要，想
pergi 去	jadi 那麼
bisa 會，行	bersama-sama 一起
sibuk 忙	mesti 必須
menyelesaikan 完成	tugas 任務
kalau begitu 那麼	pulang 回家
dulu ……先；以前	jalan 路；走路
bekerja 工作	

- Bapak 先生、爸爸、叔叔、男老師

- Bapak Suharsono 蘇哈索諾先生／老師

- Pak Gunawan 古納萬先生／老師

- Ibu 夫人、媽媽、女老師

- Ibu Mutia 姆蒂雅夫人／阿姨／老師

- Bu Rétno 熱特諾夫人／阿姨／老師

- Bapak-bapak dan Ibu-ibu 先生們、女士們

- Pak Dokter 醫生先生

- Pak Réktor 校長先生

- Pak Dékan 院長先生

- Pak Diréktur 經理先生

- Bapak Konjén （Konsul Jénderal） 總領事先生

- Bapak Duta Besar 大使先生

- Bapak Perdana Menteri 總理先生

- Bapak Présidén 總統先生

- Nénék 奶奶、外婆、婆婆

- Kakék 爺爺、外公、大爺

- Mas 大哥、先生、老公、對男子的敬稱

- Mbak 大姐、小姐、大嫂、對女子的敬稱

- Dik＝adik 弟弟、妹妹

- Kakak 哥哥、姐姐

- Bang＝abang 大哥

- Tante＝bibi 嬸嬸、阿姨、舅媽、姑媽

- Om＝paman 叔叔、舅舅、姑父、姨丈

註釋

1. 印尼語第一人稱代詞單數有： saya, aku。 saya 主要用於（不是很熟悉的）下對上或同輩之間；也可用於上對下，表示自謙；而 aku 一般用於上對下或比較親近、熟悉的同輩之間；第一人稱代詞複數有：kami, kita。kami 是不包括聽者在內的"我們"，而 kita 是包括聽者在內的"咱們"。

2. 印尼語第二人稱代詞單數有：engkau, kamu, Anda。前兩個只可用於上對下或較親近、熟悉的同輩之間；Anda 用於對話雙方關係不熟或初次見面、廣播或電視廣告非面對面且不針對具體某個人時，與之相對應的複數分別是 kalian, Anda sekalian。

3. 印尼語第三人稱單數有 dia, beliau。 beliau 是"他"的尊稱，複數用 meréka。

4. 值得注意的是印尼語第二人稱代詞使用相當有限，儘管被荷蘭殖民者統治了 300 多年，印尼語的詞彙、語法或多或少受荷蘭語影響，但在稱謂語方面卻依然體現尊卑等級觀念，遇到不熟的同輩或長輩，不直接用"你"或"您"稱呼對方，而用稱謂詞充當"你"或"您"。

5. 因爪哇島為印尼中心所在，且爪哇族幾乎占印尼總人口一半，其稱呼語對印尼語的滲透和影響日漸。如 mbak， mas 等稱呼語。

6. 印尼語很多詞是由詞根＋詞綴構成的接續詞，其中構成動詞的詞綴有 ber-, me-, me-i, me-kan, ber-kan, ber-an, ke-an, ter-, memper-（i／kan）, di-（i／kan）等；構成名詞的詞綴有 pe-, -an, ke-an, pe-an, per-an 等。

7. 印尼語動詞如果是前綴 ber- 形式，口語中常省略前綴 ber-，如：berbelanja － belanja, beristirahat － istirahat, berjalan-jalan, bertamasya － tamasya。

文化小觀察

　　印尼是一個由 350 個民族構成的大家庭，其開放、包容等性格以及獨特的地理位置使其成為各種外來宗教、外來文化大彙集之所在。印尼又是一個全民信教的國家，目前印尼官方承認的且信徒人數較多的有伊斯蘭教、印度教、佛教、基督教、天主教、孔教。所以初次去印尼的華人一定要注意這一點，避免因不瞭解對方的宗教禁忌而引起不必要的誤解。尤其需要瞭解伊斯蘭教禁忌，因為 88% 的印尼人都是穆斯林。

見面問候

》會話 ❶ 《

🔊 11-1

A Selamat pagi!
早安！

B Selamat pagi! Anda teman Bu Mutia?
早安！您是姆蒂雅阿姨的朋友？

A Ya. Nama saya Li Li.
是的，我叫李麗。

B Senang sekali dapat berkenalan dengan Anda. Anda datang ke sini untuk bertamasya?
很高興認識您！您來這兒旅遊？

A Iya.
是的。

B Selamat bertamasya!
祝您旅途愉快！

A Terima kasih!
謝謝！

》會話 ❷ 《

🔊 11-2

A Selamat datang di Indonesia, Li Li!
李麗，歡迎你來印尼！

B Terima kasih, Bu Mutia!
姆蒂雅阿姨，謝謝您！

A　Hampir dua tahun tidak ketemu, kamu makin cantik.
差不多有兩年沒見，你更漂亮了！

B　Terima kasih! Ibu juga sama.
謝謝！您也一樣。

A　Makasih! Capek nggak?
多謝！累不累？

B　Tidak. Saya boleh melihat-lihat rumah Ibu nggak?
不累。我想參觀下您家可以嗎？

A　Silakan!
請看吧！

> **會話 ③** <　　　🔊 11-3

A　Selamat pagi, Bu!
早安，阿姨！

B　Selamat pagi! Gimana tidurnya semalam?
早安！昨晚睡的好嗎？

A　Nyenyak. Ibu mau ke mana?
很好。您去哪？

B　Saya mau belanja ke mal, mau ikut?
我想去商場，你去嗎？

A　Mau. Saya perlu belanja juga.
好啊，我也要買東西。

B　Mari kita berangkat!
我們走吧。

生詞表

senang 喜歡、開心	sekali 非常、很
dapat 能	berkenalan 認識
dengan （介詞）與…，跟…	datang 來
di （介詞）在……	ke （介詞）表示方向
sini 這兒	untuk （介詞）為了…；給…
hampir 差不多，幾乎	makin 越來越……
cantik 美麗	makasih (口語) = terima kasih 謝謝
sama 一樣，相同	capék 累
nggak （口語） = tidak 不	boléh 可以
melihat-lihat 瞧瞧	rumah 家
gimana （口語） = bagaimana 怎麼樣	semalam 昨晚
nyenyak 熟睡	belanja （口語） = berbelanja 購物
mal 大型商場	ikut 跟著；參加
mari （招呼大家）來吧；告辭時的用語	berangkat 出發

◆ Selamat pagi! 早安！

◆ Selamat siang! 午安！

◆ Selamat sore! 午安！（等於英文 good evening）

◆ Selamat malam! 晚安！（等於英文 good night）

◆ Selamat datang! 歡迎！

◆ Selamat jalan! 再見／一路順風！／慢走！（對離開的人說）

◆ Selamat tinggal! 再見／留步！（對留在家裡的人說）

◆ Sampai ketemu lagi! 再見！

◆ Sampai jumpa lagi! 再見！

◆ Apa kabar? 你／您好嗎？

◆ Kabar baik! 我很好！

◆ Bagaimana kabarnya belakangan ini？ 近來怎樣？

◆ Baik-baik saja. 不錯啊。

◆ Bagaimana keséhatan Anda / Bapak / Ibu？ 您身體還好嗎？

◆ Assalamu alaikum!（穆斯林間見面問）你好！

◆ Wa alaikum salam.（穆斯林間見面答）你好！

註釋

❶ 陌生人或不熟悉的人初次見面時，打招呼說 "你好或您好" 一般用 selamat pagi 等；熟人見面問候，則用 Apa kabar?（你好嗎？），答覆是 Kabar baik!（很好！）。

❷ datang, berangkat, pergi, pulang, tidur, masuk, mandi 等是詞根性動詞，這類詞一般都是不及物動詞，後跟表示地點狀語的名詞時一定要加介詞。如：datang di Taipei（來台北），berangkat ke Taizhong（出發去台中），tiba di Kaohsiung（抵達高雄）。

❸ berkenalan 是 ber-an 形式的接續性動詞，這類動詞通常是不及物動詞。詞根為動詞、名詞和形容詞等。語法意義如下：

(1) 表示 "相互間的" 動作或狀態。如：

Ibunya segera berpelukan dengan Li Li. 媽媽和李麗馬上擁抱在一起。

Saya duduk berdekatan dengan Pak Yang. 我跟楊老師坐得很近。

Kedua gedung itu berjauhan letaknya. 那兩棟樓相距甚遠。

(2) 表示動作 "多次、 紛紛" （施動者通常為複數）。如：

Tamu-tamu berdatangan setelah pukul 8 malam. 八點後客人們陸續到來。

Daun-daun pohon mulai berjatuhan pada musim rontok. 秋天樹葉紛紛掉落。

Ayahnya perlu bepergian karena beliau pedagang. 因為經商他父親需要經常出門。

4 ber- 形式動詞接續詞的詞根可以是名詞、動詞、數詞等。

(一)ber- + 名詞

(1) 表示 "擁有"。如：

Pemuda itu beristri dua tahun yang lalu. 前年那個年輕人娶了太太。

Kita berkewajiban melindungi lingkungan alam. 我們有義務保護自然環境。

(2) 表示 "使用、穿、戴" 等。如：

Siapa mengenal anak yang tidak berbaju itu? 誰認識那個不穿衣服的孩子？

Yang berdasi itu mungkin teman paman. 戴領帶的那位可能是叔叔的朋友。

(3) 表示 "產生、發出" 等。如：

Biasanya ayam betina jarang bertelur pada musim dingin. 母雞冬天一般很少下蛋。

Kakaknya yang baru berumur 25 tahun sudah beranak tiga. 剛剛 25 歲的姐姐已生了三個孩子。

(4) 表示 "從事……職業、作為" 等。如：

Ayahnya pernah berwarung di kampus UGM. 他父親在卡渣瑪達大學校園裡開過小食店。

Orang tua saya tetap bertani di kampung halaman. 我父母依然在老家務農。

(5) 表示 "過夜，度假" 等。如：

Mereka terpaksa bermalam di halaman kantor polisi. 他們只好在警察局院子裡過夜。

Mereka berdua memutuskan akan berbulan madu ke Bali. 他倆決定去峇里島度蜜月。

(二)ber- ＋ 動詞

(1) 表示進行詞根所體現的行為、動作。如：

Dia pernah bekerja di luar negeri. 他在國外工作過。

Kami harus rajin belajar. 我們要勤奮學習。

(2) 表示 "雙方進行的動作"。如：

Akhirnya mereka bertukar posisi. 最後他們換了位。

Apakah kita pernah bertemu di Taipei? 我們在台北見過？

(三)ber- ＋ 數詞

表示總數或泛數，一般只用到 bertujuh。如：

Mereka bertiga tidak mau ikut. 他們仨不想去。

Kami berempat ingin bertamasya ke kota kecil itu. 我們四個想去那個小城旅遊。

文化小觀察

　　最早進入印尼的外來文化是印度宗教文化，至今還有許多信仰印度教和佛教的信徒遍佈印尼各島，尤以峇里島為甚。峇里印度教的獨特之處在於它是峇里原始宗教與印度教的結合：信奉印度教的同時依然信奉萬物有靈論，家家都有廟宇（pura），每天拜祭一次。去峇里島旅遊或經商的人士可以在觀賞峇里島迷人的大自然熱帶風光之餘，格外留意獨具特色的峇里印度教。

介紹認識

會話 ❶

🔊 12-1

A Kenalkan, ini Li Li dari Kaohsiung, dan ini Pak Bambang.
認識一下，這位是高雄來的李麗，這是班幫先生。

B Selamat datang, Li Li!
李麗，歡迎歡迎！

C Terima kasih, Pak Bambang!
謝謝您，班幫先生！

B Gimana Jakarta?
你覺得雅加達怎麼樣？

C Jakarta sangat besar, tapi kurang teratur.
雅加達很大，就是有點亂。

A Ya, Jakarta sering sekali macet.
是啊，我們這兒很容易塞車。

C Kaohsiung akhir-akhir ini juga mudah macet.... katanya sih demi World Games.
高雄近來也一樣……據說是為了世運。

A Pak Bambang, habis belanja kita makan ke restoran di lantai lima gimana?
班幫先生，買完東西，我們一起去五樓餐廳吃飯好嗎？

B Baik.
好的。

▶ 會話 ❷ ◀

🔊 12-2

A　Kenalkan, nama saya Li Li.
　　認識一下，我叫李麗。

B　Halo! Nama saya Yusuf, keponakan Bu Mutia.
　　我是姆蒂雅阿姨的侄子，我叫約瑟夫。

A　Selamat pagi,Mas Yusuf.
　　你好！約瑟夫。

B　Selamat pagi, mbak Li Li. Berapa lama mbak Li Li akan singgah di Jakarta?
　　你好，李麗。你在雅加達待多久？

A　Dua hari. Habis itu, saya ke Bali.
　　待兩天，然後去峇里島。

B　Selamat bertamasya, ya!
　　那祝你玩得愉快！

A　Terima kasih!
　　謝謝！

會話 ❸

🔊 12-3

A　Li Li, saya kenalkan anak sulung saya, Tomy.
李麗，我介紹一下，這是我大兒子，托米。

B　Selamat pagi, Mas Tomy!
你好，托米哥。

C　Selamat pagi, mbak Li Li!
你好！李麗。

A　Hari ini libur, Tomy pulang untuk makan bersama.
今天放假，托米回家聚餐。

C　Katanya Anda besok akan ke Bali?
聽説明天你去峇里島？

B　Ya, rencananya berangkat besok sore.
是啊，想明天下午走。

C　Udah pesan tiket belum?
票訂了沒？

B　Belum. Rencananya besok langsung beli di bandara aja.
還沒。我想明天直接在機場買。

C　Lebih baik pesan dulu, nanti saya bantu kalau perlu.
最好還是先訂票，要我幫忙説一聲就行。

B　Terima kasih sebelumnya!
先説聲謝謝啦！

C　Sama-sama!
不客氣！

生詞表

mengenalkan 介紹	sangat 很，非常
besar 大	tapi（口語）= tetapi 但是
kurang 不夠，不足	teratur 整齊
sering 經常	macet 塞車
akhir-akhir ini 近來	mudah 容易
katanya 據說	sih 嘛，倒是
demi 為了	habis 結束、用完、(口語) 在…之後
réstoran 餐廳	lantai 樓層
halo 你好	keponakan = kemenakan 侄子／女
berapa 多少	lama 久
akan 將	singgah 逗留
anak 孩子	sulung 長子／女
libur 假期	bersama = bersama-sama 一起
rencana 計畫	udah（口語）= sudah 已經
memesan 訂	tikét 票

belum 沒有	langsung 直接
membeli 買	bandara = bandar udara 機場
aja = saja 而已	lebih 比……更……
nanti 待會兒	membantu 幫忙、幫助
perlu 需要	sebelum 在……之前
sama-sama 不用謝，不客氣	

◆ Perkenalkan, saya Li Li. 認識一下，我叫李莉。

◆ Perkenalkan dulu. Ini Tomy, adik saya. 先介紹一下，這是我弟弟托米。

◆ Panggil saya Tomy aja. 叫我托米就行了。

◆ Senang sekali bisa bertemu dengan Bapak. 很高興能跟您見面。

◆ Saya gembira sekali bisa mengenal Anda. 我很高興能認識您。

◆ Ini dokter Tony. 這位是托尼醫生。

◆ Ini insinyur Liu. 這位是劉工程師。

◆ Ini diréktur Wang. 這是王經理。

◆ Ini kepala Bagian Kerja Sama Internasional universitas kami. 這位是我們學校國際交流處處長。

◆ Ini profésor Ida. 這位是伊達教授。

◆ Ini ketua jurusan kami. 這是我們專業負責人。

◆ Ini pengurus / komisaris perusahaan kami. 這是我們公司理事。

◆ Ini mertuanya. 這是他／她岳父母／公公婆婆。

◆ Ini menantunya. 這是他／她女婿、媳婦。

◆ Ini bekas istrinya. 這是他前妻。

◆ Ini calon istrinya. 這是他未婚妻。

◆ Itu ipar saya. 那是我妻舅／小姨子／小姑子／妯娌等。

◆ Mereka saudara sepupu saya. 他們是我堂／表兄弟。

◆ Mereka mahasiswa kelas satu. 他們是一年級學生。

◆ Beliau bos kami. 他是我們老闆。

◆ Beliau wakil Taipei untuk Indonesia. 他／她是台北駐印尼代表。

◆ Beliau konjén （＝konsul jénderal） KJRI untuk Taipei. 他是印尼駐台北總領事。

註釋

❶ 印尼語幾個常用介詞的用法

(1) di 表示空間的介詞，在、於。如：

Saya tinggal di asrama. 我住在宿舍。

Adik makan di rumah. 弟弟／妹妹在家吃飯。

(2) ke 表示方向的介詞。如：

Ma Li pernah ke Tokyo. 馬麗曾去過東京。

Mereka sudah kembali ke asrama. 他們已回宿舍。

(3) dari

A. 表示來源。 如：

Anda berasal dari mana? 您哪裡人？

Buku ini Anda pinjam dari siapa? 這本書你從誰那裡借來的？

B. 表示時間、地點的起點，相當於漢語的 "從"、 "從……起"，如：

Dari pagi sampai malam ayahnya bekerja tanpa istirahat. 他父親從早到晚不停工作。

Anda berangkat dari Surabaya? 您從泗水出發？

C. 表示由什麼原料製成或由何種東西組成的，如：

Roti biasanya terbuat dari terigu. 麵包一般是由麵粉做的。

Dinding rumah macam ini terbuat dari bahan yang tahan angin. 這種屋牆是抗風材料做的。

(4) untuk

A. 後接代詞或名詞表示物件，相當於漢語的 "給……"，"供……"。如：

Tas ini untuk Anda. 這個包給你。

Baju yang dibelinya itu untuk adiknya. 他買那件衣服給妹妹。

B. 表示目的。如：

Untuk apa Anda belajar bahasa? 你學語言為了什麼？

Kami datang ke sini untuk bertamasya. 我們來這兒目的是旅遊。

(5) kepada 表示動作的方向，相當於漢語的 "致……，給……"。如：

Saya sangat rindu kepada adikku. 我很想妹妹。

Sampaikan salamku kepada orang tuamu. 請向你父母轉達我的問候。

❷ 加前綴 me- 形式的動詞接續詞，由於鼻音前綴 me- 的影響，前綴和詞根之間產生了語音變化。其變化規律如下：

(1) 詞根的第一個音素是 m, n, ng, ny, y, w, l, r 時，加 me- 後不發生語音變化。如：

mulai	➡	*me*mulai	nilai ➡	*me*nilai
lihat	➡	*me*lihat	rakyat ➡	*me*rakyat
nyala	➡	*me*nyala	wisuda ➡	*me*wisuda

(2) 詞根的第一個音素是 b, f, v 時，加 mem-。如：

baca	➡	*mem*baca	beli ➡	*mem*beli
veto	➡	*mem*veto	fitnah ➡	*mem*fitnah

(3) 詞根的第一個音素是 p 時，加 me- 後，p 變成 m。如：

pinjam	➡	*mem*injam	pukul ➡	*mem*ukul

(4) 詞根的第一個音素是 t 時，加 me- 後，t 變成 n。如：

tolong ➡ *men*olong　　　　tulis ➡ *men*ulis

(5) 詞根的第一個音素是 s 時，加 me- 後，s 變成 ny。如：

sewa ➡ *meny*ewa　　　　satu ➡ *meny*atu

(6) 詞根的第一個音素是 d, c, j, sy 時，加 me- 後，me- 變成 men-。如：

dekat ➡ *men*dekat　　　　cuci ➡ *men*cuci

jual ➡ *men*jual　　　　syair ➡ *men*syairkan

(7) 詞根的第一個音素是 k 時，加 me- 後，k 變成 ng。如：

kurus ➡ *meng*urus　　　　kenal ➡ *meng*enal

(8) 詞根的第一個音素是 g, h, kh, a, o, e, i, u 時，加 me- 後，me- 變成 meng-。如：

ambil ➡ *meng*ambil　　　　ojek ➡ *meng*ojek

isi ➡ *meng*isi　　　　uji ➡ *meng*uji

gigit ➡ *meng*gigit　　　　hukum ➡ *meng*hukum

❸ me-, me-kan, me-i, memper-（i / kan）等形式的接續動詞，口語表達時經常會省略前綴 me-。如：

meminjam-pinjam, membantu-bantu, membeli-beli, mencuci-cuci,

mengenalkan-kenalkan, memperkenalkan-perkenalkan。

文化小觀察

　　印尼伊斯蘭獨特之處在於它是伊斯蘭與傳統爪哇文化、印度文化的大融合，被外界稱為不正統不純潔的爪哇伊斯蘭，爪哇穆斯林比較溫和；而蘇門答臘島的馬來、亞齊等族被認為是較正統的穆斯林，用餐時一定要到清真餐廳。印尼穆斯林週五下午一般都要去清真寺參加聚禮，所以週五下午學校、政府部門會提前下班，安排活動要儘量避開週五下午。

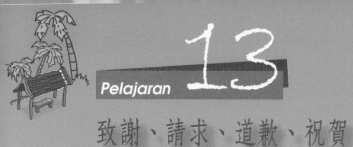

13

致謝、請求、道歉、祝賀

> 會話 ❶ <

🔊 13-1

A Selamat malam! Saya sudah pesan kamar.
晚安！我已經預訂了房間。

B Nama Anda Li Li? Kamar Anda di lantai 3 nomor 304. Oya, ini kuncinya.
您是李莉？您的房間在三樓，304 房。這是房間鑰匙。

A Terima kasih. Tolong bangunkan saya jam 06:00 besok pagi.
謝謝！請明早 6 點叫醒我。

B Baik, kami akan membangunkan Anda jam 06:00 besok.
好的，明早 6 點我們會叫醒您。

A Terima kasih!
謝謝！

B Sama-sama!
不用客氣！

> 會話 ❷ <

🔊 13-2

A Mbak, ini koper Anda.
小姐，這是您的行李箱。

B Tolong antarkan ke kamar saya, terima kasih!
請把行李送到我房間。

A Baik. Apa lagi yang perlu saya bantu?
好的，還有什麼需要我幫忙的嗎？

B Tidak ada lagi. Terima kasih!
沒什麼啦，謝謝！

A Kembali!
應該的！

> 會話 ❸ <

🔊 13-3

A Maaf, saya terlambat.
對不起，我遲到了。

B O, tidak apa-apa.
哦，沒關係。

A Tadi saya mandi dulu, hari ini panas sekali.
我剛剛洗澡，今天可真熱。

B Iya, panas banget.
是啊，熱死人。

A Sekarang kita bisa berangkat?
咱們現在就走？

B Ayo.
走吧。

〉會話 ❹〈

🔊 13-4

A Selamat ulang tahun!
生日快樂！

B Terima kasih!
謝謝！

A Ini kado untuk Li Li.
這是給你的禮物。

B Bagus sekali kadonya, terima kasih!
太漂亮了，謝謝你！

A Sama-sama.
不客氣。

🔊 13-5

生詞表

kunci 鑰匙	tolong 請求（別人幫忙）
membangunkan 叫醒	koper 行李箱
mengantarkan 送	apa lagi 還有什麼
ada 有	maaf 對不起
terlambat 遲到	tadi 剛才
panas 熱	banget （口語）非常
ayo （招呼人）來，來吧	ulang tahun 生日
kado 禮物	

- Selamat! 恭喜！

- Selamat ulang tahun! 生日快樂！

- Selamat bekerja! 祝你工作順利！

- Selamat belajar! 祝你學習順利！

- Selamat berlibur! 假日快樂！

- Selamat Tahun Baru! 新年快樂！

- Selamat Tahun Baru Imlék 春節快樂！

- Selamat Lebaran! 恭賀開齋節！

- Selamat Idul Fitri! 恭賀開齋節！

- Selamat hari Capgomé! 元宵節快樂！

- Selamat hari Pécun! 端午節快樂！

- Selamat hari Natal! 聖誕快樂！

- Selamat hari kemerdékaan!（印尼的）國慶快樂！

- Selamat HUT（hari ulang tahun）RI（Republik Indonesia）!（印尼的）國慶快樂！

- Selamat hari Nasional. 國慶快樂！

- Semoga Ibu sehat walafiat. 祝您健康！

- Semoga Bapak panjang umur. 祝您長壽！

- Semoga Anda banyak rezeki. 祝您財源廣進！

- Moga-moga lekas sembuh. 祝早日康復！

- Moga-moga Anda suksés. 祝您成功！

- Mudah-mudahan kita dapat bertemu / berjumpa lagi. 但願我們能再見。

- Mudah-mudahan kunjuangan Bapak suksés. 祝您出訪成功。

- Terima kasih banyak! 多謝！

- Banyak terima kasih! 多謝！

- Terima kasih atas bantuan Anda! 謝謝您的幫忙。

- Terima kasih atas perhatian Bapak! 謝謝您的關心。

- Kami mengucapkan banyak terima kasih kepada... 我們多謝……

- Kami menyatakan rasa terima kasih kepada... 我們向……表示感謝。

- Tolong sampaikan terima kasih kami kepada... 請轉達我們對……的謝意。

- Maaf, Bu! 對不起，太太／老師！

- Maaf, saya salah. 對不起，我錯了。

- Maaf, saya terlambat. 對不起，我遲到了。

- Maaf, saya salah dengar. 對不起，我聽錯了。

- Maaf, saya salah paham. 對不起，我誤會了。

- Maaf, Bu, kami mengganggu sebentar. 對不起，阿姨，我們打擾您了。

- Maaf, kami banyak merépotkan Ibu. 對不起，我們麻煩您了。

- Maaf, saya tidak sengaja. 對不起，我不是故意的。

- Mohon maaf lahir dan batin. 請寬恕一切。

- Mohon dimaafkan. 請原諒。

- Saya minta maaf, Pak. 請您原諒，先生。

- Kami minta maaf atas kesalahan dan kekurangan kami. 請原諒我們的過失。

- Boleh saya masuk, Pak? 我可以進來嗎，先生？

- Boleh saya bertanya? 我可以提問嗎？

- Boleh kami duduk di sini? 我們可以坐這兒嗎？

- Boleh saya pinjam Hpnya? 我可以借用您的手機嗎？

- Bisa Bapak datang sekarang? 您現在能過來嗎？

- Bapak bisa hadir besok pagi? 您明天能出席嗎？

- Tolong sampaikan salam kami kepada... 請向……轉達我們的問候。

- Tolong minggir! 勞駕，請靠邊。

- Sayang sekali! 很可惜／遺憾！

- Sayang sekali Anda tidak bisa hadir. 很遺憾您不能出席。

- Sayang Anda nggak datang. 很可惜／遺憾您沒來。

- Kami merasa sayang kalau Bapak... 假如您……，我們感到很遺憾。

- Sayang pihak kami tidak bisa berbuat apa-apa. 很遺憾我方無能為力。

- Sayang kami tidak diberi tahu sebelumnya. 很遺憾事先沒通知我們。

❶ tidak ada apa-apa 表示 "沒有什麼（指物或事情）"；而 tidak apa-apa 表示 "沒關係"、"不要緊"。

❷ 印尼語主動語態轉為被動語態時，轉換規則根據施動者是一般名詞還是第一、第二人稱代詞或是第三人稱代詞而不同。下面分別舉例說明：

(1) 施動者是第一、第二人稱代詞時，轉換規則如下：

A. 把主動式的主、謂、賓位置換成賓、主、謂；

B. 去掉謂語動詞的前綴 me-；

C. 主、謂之間不能隔開，如果主動式謂語動詞之前有副詞（akan, belum, sudah, pernah），變為被動式時其副詞應位於主語之前；如：

Buku itu sudah saya baca. Buku itu sudah kubaca. 那本書我看過了。

Buku itu sudah kami baca. 那本書我們看過了。

Buku itu sudah kita baca. 那本書咱們看過了。

Buku itu sudah Anda / kamu baca. Buku itu sudah kaubaca. 那本書你看過了。

Buku itu sudah Anda sekalian baca. Buku itu sudah kalian baca. 那本書你們看過了。

(2) 施動者為第三人稱代詞或一般名詞時，轉換規則如下：

A. 調換賓語和主語的位置；

B. 把謂語動詞前綴 me- 換成 di-；

C. 在賓語前面加上 oleh。

如：

Kami pernah dibantu oleh orang yang tua itu. 那位老人幫過我們。

Rumah itu telah dibersihkan oleh pemuda itu. 那個年輕人把房子打掃乾淨了。

Surat itu belum dibaca olehnya. 他／他們還沒看信。

Buku itu dibeli oleh Li Li. 那本書是李麗買的。

注意

(1) 如果稱謂名詞充當第二人稱替代詞時，轉換規則按 (1)；

　如 Buku itu telah Bapak baca. 爸爸／老師／先生／叔叔您讀過那本書了。

　Kota ini belum Ibu datangi. 媽媽／老師／夫人／阿姨您沒到過這個城市。

(2) 施動者為第三人稱代詞時，轉換規則也可按 (1)；

　如 Buku itu telah dia baca.

　Buku itu telah beliau baca.

　Buku itu telah mereka baca.

　註 telah = sudah 已經

文化小觀察

　　印尼最重要的傳統節日是 Lebaran 或 Idul Fitri（開齋節），在每年伊斯蘭教曆的 10 月 1 日，慶祝齋月的結束。 開齋節那天穆斯林之間彼此要說： mohon maaf lahir dan batin（請寬恕一切）。如同華人的春節一樣，每年開齋節，在外工作或生活的人都會返鄉與家人一起慶祝。開齋節全印尼放假一週，活動儀式很多，有跪拜父母、祭奠先人（掃墓）、探親訪友、鄰里互訪等。

STEP
03

旅遊篇

訂機票

> 會話 ① <

🔊 14-1

A Selamat sore! Apakah ini agen tiket?
你好！這是票務代理嗎？

B Selamat sore! Ada yang bisa kami bantu?
你好！可以為您效勞嗎？

A Saya mau membeli satu tiket ke Surabaya Sabtu ini.
我想買一張週六去泗水的機票。

B Kalau ke Surabaya, tidak ada yang langsung, mesti transit dulu di Jakarta.
去泗水，沒有直達的航班，要在雅加達轉機。

A Iya, saya tahu. Saya mau beli tiket PP.
我知道，我想買雙程票。

B Oke. Boleh lihat paspor Anda?
沒問題。您護照呢？

A Ini paspor saya.
這是我的護照。

B Oké. Ini tiket Anda. Selamat jalan!
可以了，這是您的機票。慢走！

A Terima kasih!
謝謝！

B Sama-sama.
不客氣。

❯ 會話 ❷ ❮

🔊 14-2

A Halo, apakah ini Agen Penerbangan Garuda?
你好！您這兒是鷹航代理嗎？

B Ya, benar, ada yang dapat kami bantu?
是的，有什麼可以幫到你？

A Saya mau pesan satu tiket ke Bali Sabtu depan.
我想訂一張下週六去峇里島的機票。

B Hari Sabtu ada tiga penerbangan ke Bali.
週六有三趟（鷹航）飛機去峇里島。

A Saya mau yang sekitar jam 2 sore, ada nggak?
我想要下午兩點左右的，有嗎？

B Ada, tapi sudah habis. Kalau yang jam 15:10 masih ada tiket, mau?
有，不過賣完了。下午 3 點 10 分還有票，要嗎？

A Ya.
好的。

B Tolong beri tahu saya nama dan nomor paspor Anda.
請把姓名和護照告訴我。

A Nama saya Li Li, nomor paspor saya G3045990.
我叫李莉，護照號是 G3045990。

B Sudah selesai, nanti Anda dapat langsung mengambil tiket dan bayar di counter Garuda di Bandara.
可以了，您到時在機場鷹航櫃檯取票付款吧。

A Baik. Terima kasih!
好的，謝謝！

B Sama-sama.
不用謝。

〉會話 ❸ 〈

🔊 14-3

A Selamat siang!
您好！

B Selamat siang! Ada yang bisa saya bantu?
您好！我能幫您嗎？

A Saya ingin membeli tiket ke Bali besok sore.
我想買張明天下午去峇里島的票。

B Besok sore ada 3 penerbangan ke Bali.
明天下午鷹航有三趟。

A Yang paling pagi berangkat jam berapa?
最早幾點？

B Jam 2 siang.
下午 2 點。

A Kalau begitu, saya mau yang jam 2.00 siang.
那我就買 2 點的吧。

B Oke. Paspor Anda?
沒問題。您的護照？

A Ini paspor saya, dan ini uangnya.
這是我的護照和錢。

B Baik. Ini tiket dan uang kembalinya, terima kasih!
這是機票和找零，謝謝！

A Sama-sama!
不客氣！

B Selamat jalan!
慢走！

生詞表

apakah（構成是非疑問句）是不是	agén 代理
Surabaya 泗水	transit 轉機
tahu 知道	PP = pulang pergi 來回，往返
melihat 看，看見	paspor 護照
penerbangan Garuda 鷹航	depan 前面
saat 當……時候	ingin 想，要
penerbangan 航空	benar 對，正確
sekitar 大約	masih 還（有）
memberi tahu 告訴	selesai 完成
mengambil 拿	membayar 付錢
uang 錢	uang kembali 找零

◆ Bisa kami bantu? 需要我們幫忙嗎？

◆ Ada yang dapat kami bantu? 我們能幫您忙嗎？

◆ Ada yang bisa kami bantu? 我們能幫您忙嗎？

◆ Apa lagi yang bisa kami perbuat untuk Anda? 我們還能為您做什麼？

◆ Saya ingin / mau beli tiket ke... 我想買去……的票。

◆ Saya hendak pesan tiket ke... 我想買去……的票。

◆ Tiketnya sudah habis terjual. 票已售完。

◆ Anda perlu transit di... 您需要在……轉機。

◆ Tiketnya one way atau PP（pulang pergi）？單程還是來回票？

◆ Kalau pesawatnya ditunda / delay, gimana? 飛機延遲怎麼辦？

◆ Pesawatnya akan dikénsel kalau cuacanya kurang baik. 天氣不好的話飛機會取消。

◆ Tolong tunjukkan paspor Anda. 請出示護照。

◆ Tolong tunjukkan KTP（Kartu Tanda Pengenal）Anda. 請出示您的身分證。

◆ Anda bisa membayar dan mengambil tiket di bandara. 您可以到機場再付款取票。

◆ Apakah waktu keberangkatannya bisa diubah? 出發時間可以更改嗎？

◆ Tolong dikonfirmasi tiketnya dua hari sebelumnya. 請在出發前兩天確認機票。

◆ Tiketnya sudah dikonfirmasi belum? 機票確認了沒有？

◆ Tiketnya tiket open? 是 open 票嗎？

註釋

1 印尼往返台灣的航空公司有四家，一家是國營的印尼國家航空 Garuda（簡稱印尼航空、鷹航、迦魯達航空公司），另外幾家是中華航空、長榮航空、達美航空；台北直飛雅加達及峇里島，印尼其他城市都需要在雅加達轉機。買票時需要說明目的地城市，因為接駁的時間關係，有些城市當晚可以轉，有些必須等到第二天。

2 儘管 bisa 和 dapat 有區別：bisa 表示 "會"，dapat 表示 "能"，但口語中 bisa 基本已代替 dapat。

3 uang 在口語中一般說 duit。

4 me- 形式的接續動詞詞根主要是動詞、名詞、形容詞等。

(1) me＋動詞可構成及物動詞，也可構成不及物動詞。

A. me＋動詞根詞（單純及物動詞）。如：

baca － membaca 讀　　　　　buka － membuka 開、打開

beri － memberi 給　　　　　tutup － menutup 關

B. me＋不及物動詞。如：

bangun － membangun 建設　　naik － menaik 升高

hilang － menghilang 消失　　tinggal － meninggal 去世

(2) me + 名詞

A. 表示 "使用、享用"。如：

Gadis itu merokok di depan anak kecil. 那女孩在小孩子面前抽煙。

Saya belum bisa menyetir mobil. 我還不會開車。

B. 表示 "好像如詞根所含的意義"。如：

Buku-buku di kamar baca menggunung. 書房裡的書堆成山。

Ibunya kelihatan duduk mematung. 他母親看上去呆呆地坐著。

C. 表示 "去向"。如：

Dia terus mengutara, padahal yg lain membélok ke barat. 他一直朝北走，而其他人向西轉。

Pesawat terbang kita mulai mendarat. 我們的飛機開始著陸。

D. 表示 "採集"。如：

Pagi-pagi orang sudah mulai merotan. 一大早人們已開始采藤。

Orang Tionghoa suka meramu akar-akaran dan daun-daunan. 華人喜歡把樹根和樹葉弄成草藥。

E. 表示 "產生、發出（聲音）"。如：

Kucing itu mengéong terus. 那只貓叫個不停。

Akhirnya dia bercerai dengan suaminya yang mendengkur tiap malam. 她終於跟每晚打呼的老公離了婚。

F. 表示 "具有……性質"。如：

Pemimpin yang merakyat lebih mudah memahami masalah rakyat. 親民領袖更易理解人民疾苦。

Olahraga lari pagi sudah memasyarakat pada masa ini. 晨跑這項運動現在已很普及。

G. 表示 "製作"。如：

Profésor itu pandai menggambar keindahan alam. 那個教授很擅長畫風景。

Ibu sedang menggulai daging ayam. 媽媽正在燒椰汁雞。

H. 表示 "成為、作為"。如：

Anaknya tidak ingin berkeluarga, suka membujang saja. 他兒子不想成家，就喜歡獨身。

Tetangga saya menjanda selama 5 tahun. 我鄰居守寡 5 年了。

(3) me + 形容詞

A. me + 表示顏色或性質和特徵的形容詞構成不及物動詞。如：

baik － membaik 變好　　　　biru － membiru 變藍

besar － membesar 變大　　　dekat － mendekat 靠近

B. me + 部分形容詞構成及物動詞。如：

hémat － menghémat 節約　　lepas – melepas 送行

hina – menghina 鄙視

文化小觀察

　　印尼是世界上華人人數最多的國家，華人自古就開始移民努沙登加拉群島（kepulauan Nusantara）。華人用自己的雙手勤奮創業的同時，也把中華文化帶入印尼並對印尼文化產生一定的影響。因為自古印尼人都有自己的宗教信仰，中國儒家思想、儒家文化順理成章在印尼也就成為了宗教——孔教。但並非每個華人或華裔都是孔教徒，有些是佛教徒、基督教徒、穆斯林等。

辦簽證

〉會話 ❶ 〈

🔊 15-1

A **Bulan depan saya akan ke Indonesia.**
下個月我要去印尼。

B **Kamu perlu visa kalau ke Indonesia.**
你得辦簽證。

A **Saya tahu. Bagaimana cara mengurus visa?**
我知道。怎麼辦簽證？

A **Ada dua cara. Cara pertama lewat biro turis, cara kedua buat visa di pabean setelah tiba di Bandara Soekarno-Hatta.**
有兩種方法。一是通過旅行社，二是到雅加達機場後辦。

A **Jadi saya bisa membuat *visa on arrival*?**
你的意思是可辦落地簽？

B **Ya. *Visa on arrival* lebih murah.**
對啊，落地簽還便宜呢。

〉會話 ❷ 〈

Tamu 客人	Selamat pagi! Pak. Saya mau bikin *visa on arrival*. 你好！先生，我要辦簽證。
Pejabat Pabean 1 海關關員 1	Selamat pagi! Anda harus bayar dulu di loket sebelah kiri. 你好！您要先在左邊的窗口繳費。
Tamu 客人	Pak, saya bayar biaya visa. 先生，我繳簽證費。
Pejabat Pabean 2 海關關員 2	Dua puluh lima dolar. 25 美元。

Tamu menyerahkan paspor dan 25 dolar kepada pejabat pabean.
客人把護照和 25 美元遞給海關官員。

Pejabat Pabean 2	Maaf, Pak, tiketnya mana? 對不起，先生，你的機票呢？
Tamu	Oh ya, ini. 噢，這是我的機票。
Pejabat pabean 2	Bapak datang ke Indonesia untuk bertamasya atau bisnis? 您來印尼是旅遊還是做生意？
Tamu	Untuk bertamasya. 來旅遊的。
Pejabat pabean 2	Ini tanda terimanya. 這是收據。

Tamu lalu menyerahkan tanda terima dan paspor kepada pejabat pabean di loket sebelah kanan.
客人把收據、護照遞給右邊窗口的關員。

Pejabat pabean 1   Oke, *visa on arrival* sudah beres. Selamat bertamasya!
好了，您的簽證辦好了。祝您旅途愉快！

Tamu   Terima kasih!
多謝！

生詞表

biro turis 旅行社	membuat 做、製作
visa 簽證	maksud 意思，意圖
menyerahkan 遞交	kepada（介詞）致……、給……
pasfoto 護照相片	biaya 費用
kira-kira ……左右	mendapat 得到
kurang lebih ……左右	cara 方法
mengurus 辦理，處理	pertama 第一、首先
léwat 通過，經過	setelah 在……之後
tiba 抵達	pabéan 海關
murah 便宜	pejabat 關員
bikin 弄，搞	harus 應該，必須
lokét 窗口	sebelah 邊
kiri 左	kanan 右
bisnis 生意	tanda terima 收據
bérés 搞定	

日常用語

◆ Saya ingin membuat visa ke Indonesia. 我想辦印尼簽證。

◆ Saya perlu memperpanjang visa saya. 我的簽證需要延期。

◆ Berapa lama visa bisa keluar? 簽證多久能出來？

◆ Berapa lama biasanya visa bisa beres? 一般辦簽證要多久？

◆ Bagaimana membuat visa kalau ke Indonesia? 去印尼怎麼辦簽證？

◆ Apa lagi yang mesti saya serahkan selain paspor? 除了護照我還要交什麼？

◆ Saya mau mengurus *visa on arrival*. 我想辦落地簽。

◆ Saya mau mengurus visa turis. 我想辦旅遊簽。

◆ Ada visa turis, visa bisnis, dan visa budaya. 有旅遊簽、商務簽、文化簽。

◆ Biaya visa berapa? 簽證費多少？

◆ Urusan visa biasanya makan waktu berapa lama? 辦簽證一般需要多長時間？

◆ Perlu fotokopi paspor tidak? 需要護照影本嗎？

◆ Semuanya rangkap berapa? 這些要多少份？

◆ Coba diisi formulirnya! 請填表格！

◆ Banyak orang yang antri untuk mengurus visa. 排隊辦簽證的人很多。

① 註釋

① 落地簽證僅可在印尼從事旅遊觀光、社會交流及公益表演，不可開會、簽約與勘查。商務簽證停留期限 60 天，可進公司開會與簽約、到廠區勘查、從事公益表演等，但不能坐辦公桌，被查到視同非法工作，輕者查扣證件及罰款（最高美金 5 萬元），重者逕行驅逐出境，且會被管制入境 6 個月到 1 年不等，公司、工廠將被列為未來重點稽查對象。

一般簽證分兩種，一種叫 visa kunjungan（探親簽），可停留一個月，包括 visa turis（旅行簽）、visa bisnis（商務簽）；另一種叫 visa budaya（服務簽），專為赴印尼留學或工作的學生、教師辦理，可停留兩個月。

② bikin 是口語用法，相當於 membuat。bikin 可跟形容詞或動詞組合，表示 "使……，弄……"，在口語中很常用。如：

bikin répot 添麻煩　　　　　　bikin malu 丟臉

bikin kotor 弄髒　　　　　　　bikin tinggi 提高

bikin betul 改正　　　　　　　bikin marah 使人生氣

③ membuat 在口語中可以省略前綴 me- 變成 buat，而 buat 在口語中又可以相當於介詞 untuk，如：

buat téh = bikin téh 沏茶　　　buat kué = bikin kué 做糕點

buat apa = untuk apa 為了什麼　buat saya = untuk saya 給我的

④ mendapat 在口語中因為省略前綴 me-，跟助動詞 dapat 形式一樣，但意思不同，需要根據上下文判斷。

❺ yang 結構

(1)"yang+ 不及物動詞" 作定語從句。如：

Orang yang datang dari Shanghai itu teman sekelas saya. 上海來的那位是我同學。

Murid yang sedang belajar di ruang kelas itu pintar sekali. 正在教室裡學習的學生很聰明。

(2)"yang+ 及物動詞的主動式" 作定語從句。如：

Mahasiswa yang baru meninggalkan ruang kelas itu bukan teman sekelasku. 剛離開教室的那位不是我同學。

Pelajar yang sedang mencuci baju itu bukan adiknya. 那個洗衣服的中學生不是他妹妹。

(3)"yang+ 及物動詞的被動式" 作定語從句。如：

Buku yang dipinjamnya itu buku tata bahasa. 他借的書是語法書。

Tas yang dibeli oleh gadis itu tidak mahal. 那女孩買的包包不貴。

❻ yang＋數詞（＋量詞或名詞）

(1) yang＋基數詞

<u>Yang satu</u> sudah membeli, yang satu lagi masih belum. 一個買了，另外一個還沒。

Kecuali ibunya, <u>wanita yang</u> dua lagi tak kukenal. 除了他媽媽，另外兩個女的我不認識。

(2) yang＋不定數詞

Makanan yang banyak itu untuk siapa? 那麼多的食物給誰的？

Buah-buahan yang sedikit itu untuk adikmu. 那一點點水果給你弟弟。

(3) yang＋序數詞

Saya mau yang <u>kedua</u>, bukan yang <u>ketiga</u>. 我要第二個，不要第三個。

Yang <u>pertama</u> membaca buku siapa? 最先讀誰的書？

(4) yang＋數詞＋量詞（或名詞）

Yang <u>seorang</u> membeli kacang buncis, yang <u>seorang</u> lagi membeli tomat. 一個買了扁豆，另一個買了番茄。

Apel yang <u>dua kilogram</u> itu untuk Anda sekalian. 兩公斤的蘋果給你們。

文化小觀察

　　印尼由於民族眾多，語言種類也多，共 746 種，占世界語言種類的 10%。在外來文化進入印尼的同時，外來語言自然而然也影響了印尼語。其中印尼華人使用的語言大多是中國南方地區的各種方言，對印尼語的影響主要是豐富了其日常生活用語和飲食習慣等方面的詞彙。比如印尼很多小吃和菜名是閩南話和潮州話：如 tahu（豆腐）、taugé（豆芽）、taucao（豆醬）、bakpau（肉包）、capcai（什錦炒菜）等等。

訂酒店、入住酒店、離開酒店

> 會話 ① <

🔊 16-1

A Halo, apakah ini Novotél?
你好！這是諾福特酒店嗎？

B Ya betul, ada yang bisa kami bantu?
是的，有什麼可以幫您？

A Saya ingin pesan satu kamar untuk dua malam.
我想訂一個房間，住兩晚。

B Untuk tanggal berapa?
哪天？

A Tanggal 18 dan 19 bulan ini.
這個月 18、19 號。

B Baik. Saya ulang: satu kamar untuk tanggal 18 dan 19 bulan ini. Untuk berapa orang?
我重複一遍：18、19 號一個房間。多少人？

A Satu orang.
一個人。

B Baik. Tolong bayar uang muka Rp.800.000.
好的。請付訂金 80 萬盾。

A Oke, terima kasih!
好的，謝謝！

B Kembali.
不客氣。

> 會話 ❷ <

🔊 16-2

A **Selamat sore, Mas! Saya mau *check-in*.**
您好！我辦入住手續。

B **Selamat sore, Pak! Sudah pesan kamar?**
您好！先生，您訂房了嗎？

A **Udah, atas nama Liu Ming.**
用劉明的名字訂的。

B **Tunggu sebentar, Pak. Saya cek dulu... paspor Bapak?**
麻煩請稍等，先生。我查查……您的護照呢？

A **Ini paspor saya.**
這是我的護照。

B **Ya, sudah ketemu, menginap untuk 2 malam kan?**
找到了，住兩晚，是嗎？

A **Betul, dua malam.**
對，兩晚。

B **Apakah kamarnya mau di lantai yang agak tinggi?**
您要高樓層嗎？

A **Ya, tidak apa-apa, terserah.**
沒關係的，都可以。

B **Merokok tidak?**
您抽煙嗎？

A   Tidak, tolong kasih kamar yang bebas rokok, ya!
不抽，請給我不吸煙的。

B   Sudah beres, Pak. Kamar nomor 706. Ini kuncinya.
好了，先生，你的房間是 706 號。這是您的鑰匙。

A   Terima kasih!
謝謝！

B   Sama-sama.
不客氣！

▶ 會話 ❸ ◀

🔊 16-3

A   Mas, saya mau *check-out*.
你好，我要辦退房手續。

B   Nomor kamarnya, Pak?
您住哪間？

A   706 (tujuh kosong enam) .
706 號。

B   Pak, mohon ditunggu sebentar, kamarnya sedang dicek.
先生請稍等，正在檢查房間。

A   Tolong cepat sedikit, saya buru-buru.
請快點，我趕時間。

B   Ya, sudah selesai. Silakan bayar lagi Rp.200.000.
好了，請再付 20 萬盾。

A   Ini uangnya. Terima kasih!
這是 20 萬盾。謝謝！

B   Selamat jalan!
慢走！

🔊 16-4

生詞表

betul 對，正確	hotél 酒店
mengulang 重複、重說	uang muka 訂金
atas （介詞）對……；以……名義；由於	menunggu 等
sebentar 一會兒	mengecék 檢查
ketemu （口語）見面；找到	menginap 住宿
agak 有點	tinggi 高
terserah 悉聽尊便	merokok 抽煙
bébas 自由的；無……的	rokok 香煙
mohon 請求	cepat 快
sedikit 一點	buru-buru （terburu-buru）趕時間

- Saya mau *check-in*. 我想辦入住手續。

- Kami mau *check-out*. 我想辦退房手續。

- Tunggu sebentar, ya, Bu. 請稍等，太太。

- Ini kuncinya, Pak. 這是您的鑰匙，先生。

- Tunggu sebentar, saya cek dulu. 請稍等，我先查查。

- Saya mau ganti kamar, mau yang agak jauh dari lift. 我想換房，我要離電梯遠一點的。

- Tolong tunggu di lobi besok pagi jam 08:00. 明早 8 點在大廳等。

- Besok kita berkumpul di lobi jam 07:00. 明天 7 點在大廳集合。

- Kuncinya belum diserahkan kepada resépsionis. 您鑰匙還沒交給櫃檯。

- Anda perlu bayar uang muka... 您需要付訂金……。

- Saya minum akua *minibar*. 我喝了小酒吧的礦泉水。

- Bapak merasa puas atas pelayanan hotel kami ya? 您對我們酒店的服務還滿意吧？

- Perlu *morning-call*? 需要 morning-call 嗎？

- Tolong saya dibangunkan jam 05:00 besok pagi! 請明早 5 點叫醒我。

- Maaf, saya mengganggu, Pak, ini pesanan Bapak. 不好意思，打擾了，先生，這是您要的。

- Gimana sih, kran di kamar mandi nggak keluar air? 怎麼辦？浴室的水龍頭沒有水？

- Kalau ada keperluan, tolong telepon sama operator. 如有需要，請打電話找總機。

- Réstoran di hotel bukanya jam berapa? 酒店的餐廳幾點開門？

- Restoran di hotel jam berapa tutupnya? 酒店的餐廳幾點關門？

- Ini sudah termasuk sarapan dua orang di restoran hotel. 這已含明早兩人的早餐了。

- Kemahalan, bisa dikasih diskon? 太貴了，可不可以打折？

- Maaf, tidak bisa, sedang musim liburan. 對不起，現在是假期，無法打折。

❶ mengecék 詞根為 cék，因為是單音節，所以加前綴 me- 時，會先加母音音素 e。這類詞還有：mengelap（抹），mengebom（炸），mengecat（上油漆）等。

❷ 印尼語命令句形式一般省略主語，謂語動詞如果是 me-（i / kan）形式的接續詞，就省略前綴 me-；如果要表示語氣的婉轉和客氣，就加小品詞 -lah 或 silakan, coba, tolong 等詞。如：

Tunggu saya di sini! 在這兒等我！

Tunggulah saya di sini! 在這兒等我吧！

Silakan tunggu saya di sini! 請在這兒等我！

Tolong tunggu sebentar! 請稍等！

❸ yang 結構作主語起冠詞作用，把整個結構名詞化。如：

(1) "yang+ 形容詞" 作主語；如：

Yang tinggi itu berasal dari Shanghai. 那個高的來自上海。

Yang paling bagus adalah tas sekolahnya. 最漂亮的是她的書包。

(2) "yang+ 不及物動詞" 作主語；如：

Yang baru datang itu adalah teman Hai Di. 剛來的是海迪的朋友。

Yang berasal dari Tianjin itu tidak begitu ramah tamah. 天津來的那個不太和氣。

(3) "yang+ 及物動詞的主動式" 作主語；如：

Yang sedang membaca buku itu adalah teman sekelas saya. 讀書的那位是我同學。

Yang mengajar bahasa Indonesia cuma dua orang. 教印尼語的只有兩位。

(4) "yang+ 及物動詞的被動式" 作主語；如：

Yang dibersihkannya bukan ruang kelasnya. 他打掃的不是他們自己的教室。

Yang dicari oleh guru itu belum datang. 老師找的還沒來。

(5) ada +yang 結構：yang 結構作主語，ada 是謂語。如：

Ada yang datang dari kota. 有從城裡來的。

Ada yang sudah bertamasya ke Indonesia. 有去過印尼旅遊的。

文化小觀察

　　印尼主要城市有首都 Jakarta（雅加達）、西爪哇省會 Bandung（萬隆）、東爪哇省會 Surabaya（泗水）、中爪哇省會 Semarang（三寶瓏）、Yogyakarta（日惹）、北蘇門答臘省會 Médan（棉蘭）等。其中日惹不僅是爪哇文化中心，也是印尼有名的旅遊名勝。著名的 Borobudur（婆羅浮屠佛塔）就坐落在離日惹 80 公里處。

Pelajaran 17

接機和送機

會話 ❶

🔊 17-1

A Ibu Mutia dari Jakarta?
您是雅加達來的姆蒂雅老師？

B Ya, saya Mutia.
是的，我是姆蒂雅。

A Selamat sore! Bu Mutia. Saya ditugaskan untuk menjemput Ibu.
下午好，姆蒂雅老師！我是負責來接您的。

B Selamat sore! Siapa namanya?
下午好！你叫什麼名字？

A Nama saya Wang Yang. Maaf ya, Bu. Kebetulan guru kami semuanya sibuk sore ini, jadi tidak bisa menjemput.
我叫王楊。不好意思，今天下午剛好我們老師都走不開。

B Nggak apa-apa. Pokoknya ada yang jemput.
沒關係的，有人接就好。

A Mobil kami sedang menunggu di luar. Biar saya yang mendorong kopernya. Silakan.
車子在外面等。我來推行李，請這邊走。

B Makasih!
謝謝！

＞會話 ❷ ＜

A Tony, nanti sore kamu jemput teman saya dari Jakarta, ya.
托尼，今天下午你去接雅加達來的朋友吧。

B Baik. Jam berapa pesawatnya sampai?
好。飛機幾點到？

A Jam 03:45 sore kalau tepat waktu, nomor penerbangannya GA 898.
準點是下午 3 點 45 分到，鷹航 898。

B Kalau begitu, saya mesti berangkat jam 02:00 siang.
這樣的話，我 2 點要出發。

A Tak usah. Jam 02:30 masih sempat. Karena pemeriksaan di pabean
dan ambil bagasi paling cepat makan waktu 30 menit.
不用那麼早。2 點 30 分來得及，過安檢、拿行李最快也要半個小時。

B Betul juga.
有道理。

122

〉會話 ❸ 〈

🔊 17-3

A Siapa yang mengantar tamu ke Bandara nanti siang?
今天中午誰送客人去機場？

B Pak Gunawan.
古納萬老師。

A Sudah panggil taksi?
叫計程車了嗎？

B Tak usah. Mobil sekolah akan tiba di Wisma Tamu jam 13.00.
不用。校車一點鐘會到招待所接。

A Saya ada kuliah jam 14:00, jadi saya mengantar Bu Mutia di Wisma Tamu aja.
我下午 2 點有課，那我在招待所送送姆蒂雅老師吧。

B Kalau begitu, kita ketemu di depan pintu Wisma Tamu jam 12:50.
也好，咱們 12 點 50 在招待所門口見。

A Baik.
好的。

B Bu Mutia, maaf, kami berdua tidak bisa mengantar Ibu ke Bandara karena sebentar lagi ada kuliah.
姆蒂雅老師，對不起，等下我們有課，我們倆就不送您去機場啦。

C Nggak apa-apa. Terima kasih atas sambutannya selama saya di sini.
沒關係。非常感謝你們的接待。

A dan B Sama-sama! Selamat jalan, Bu!
不客氣！祝您一路順風！

C Selamat tinggal!
再見！

生詞表

menugaskan 把任務交給……	menjemput 接（人）
kebetulan 剛好，碰巧	semuanya 所有；大家都
pokoknya 總之	sedang 正在
luar 外面	biar 讓……
mendorong 推	bagasi 行李
pesawat （文中是指 pesawat terbang）飛機	sampai 抵達
tepat waktu 準時	usah 與否定詞 tidak 等連用表示 "不必"
sempat 來得及	karena 因為
pemeriksaan 檢查	makan waktu 耗時
mengantar = mengantarkan 送	memanggil 叫
taksi 計程車	wisma tamu 招待所
kuliah 課程；上課	sambutan 迎接，歡迎
selama 在……期間	

🔊 17-5

◆ Tolong dijemput, ya. 請來接我喲。

◆ Nanti akan saya jemput. 到時我會接您的。

◆ Kami minta dijemput di bandara. 請人到機場接我們。

◆ Perlu dijemput? 需要接嗎?

◆ Kami akan menjemput tamu ke Stasiun Keréta Api Taipei. 我們要去台北火車站接人。

◆ Ada yang mengantar tamu? 有人送客人嗎?

◆ Tugas saya adalah menjemput dan mengantar tamu. 我的工作就是接送客人。

◆ Nanti saya antar ke bandara. 待會兒我送去機場。

◆ Perlu diantar? 需要送嗎?

◆ Mestinya ada yang menjemput dan mengantar. 應該有人負責接送。

◆ Kami baru saja mengantar Ibu Mutia. 我們剛送走姆蒂雅老師。

◆ Kapan mengantar tamunya? 什麼時候跟客人道別的?

❶ menugaskan 詞根是 tugas,意思是 "工作、任務"。

❷ sedang 表示 "正在",在口語中經常被 lagi 取代。如:

Lagi makan? 在吃飯嗎?

Saya lagi mandi. 我在洗澡。

❸ 介詞 atas

(1) 表示原因，相當於漢語的 "對於……" ，如：

Kami menyatakan terima kasih atas bantuan Anda selama kami di sini. 我們對您在這期間給予我們的幫助表示感謝。

Saya menyesal atas kejadian kemarin itu. 昨天發生的事，我很遺憾。

(2) 表示依據，相當於漢語的 "以……名義" 、 "應……邀請或要求" ，如：

Atas nama jurusan kami, saya mengucapkan terima kasih. 我以我們專業名義表示感謝。

Dia beristirahat di rumah atas nasihat dokter. 他遵醫囑在家休息。

❹ sampai 表示 "抵達" 時在口語中基本代替 tiba。有時會變音為 nyampai，如：

Saya baru nyampai.

Sudah nyampai belum?

❺ -nya 用法很多，口語尤其多。

(1) 作賓語，表示 "他（她、它）" 或 "他（她、它）們"。

作及物動詞的賓語。如：

Ayah tidak mengizinkannya ke luar negeri. 父親不同意他去國外。

Akhirnya pacar meninggalkannya. 後來男朋友離開了她。

作介詞的賓語。 如：

Baju yang baru ini dibeli untuknya. 這件新衣服是買給他的。

Sampaikanlah salamku kepadanya! 請向他轉告我的問候！

(2) 作定語，即第三人稱所有格。表示 "他（她、它）的" 或 "他（她、它）們的"。

在一般句型中作定語。如：

Orang itu pamannya. 那人是他舅。

Kami sama-sama muridnya. 我們都是他的學生。

在特殊句型中作定語。在一定的主從複句中，指代整個句子的主語。如：

Mentimun itu manis rasanya. 那黃瓜味道很甜。

Semangka itu murah harganya. 那西瓜價錢很貴。

這類句型中的 –nya 不能省去。但從句中的主、謂語位置可以對換，如：

Mentimun itu rasanya manis.

Semangka itu harganya murah.

(3) 作被動句中的施動者。如：

Li Li disuruhnya membeli buah-buahan. 他叫李麗買水果。

Dibelinya bawang bombai setengah kilogram. 她買了一斤洋蔥。

(4) 加在詞根性動詞、不及物動詞被動形式或形容詞後，起名詞化作用。如：

Tidurnya belakangan ini kurang baik. 最近睡眠不好。

Tingginya gunung itu tidak mudah diduga. 那山的高度很難測量。

(5) 口語中需要根據對話內容判斷 -nya 是 "他／她"、"我" 或 "你"。如：

Jam tangannya salah waktu. 我的手錶時間不對。

Pamannya baru dilepas. 剛送走我叔叔。

Pamannya sudah pergi? 你叔叔走了？

(6) 跟在一些詞後起副詞化作用，或改變原意。如：

Agaknya kamu bukan orang Taiwan. 看樣子你不是台灣人。

Biasanya saya makan dua kali sehari. 一般我一天吃兩餐。

Rupanya dia temanmu. 原來他是你朋友。

Mémangnya kamu pintar! 原來你很聰明！

(7) 起強調語氣作用。如：

Panasnya hari ini! 今天真熱啊！

Enaknya apel itu. 那蘋果味道不錯。

(8) 只是習慣表達，並無實際意義。如：

Begitu baik hati orangnya. 這個人那麼好。

Payungnya lupa dibawa. 傘忘拿了。

文化小觀察

　　由於印尼地理位置的特殊性，易發生地震、海嘯、火山等自然災害，故高樓大廈比較少見；但也因此擁有豐富的得天獨厚的自然資源，自古印尼人民不需付出格外努力就能生存，因此也養成了一些不好的習慣和性格，諸如散漫、沒有太強的上進心、缺乏拼搏精神、沒有儲蓄觀念等。

> 會話 ❶ <

🔊 18-1

A Numpang tanya, tempat pengambilan bagasi di mana?
請問，行李在哪兒拿？

B Jalan terus sekitar 100 meter, lalu belok ke kiri.
向前走 100 米左右，然後左轉。

A Apakah ada troli disewa di tempat pengambilan bagasi?
取行李處有推車出租嗎？

B Ada troli, tapi nggak usah disewa, langsung dipakai aja.
有推車，不用租，用就行了。

A Terima kasih banyak!
多謝！

B Sama-sama.
不客氣。

會話 ❷

🔊 18-2

A Numpang tanya, di mana saya bisa naik taksi?
請問，哪兒搭計程車？

B Anda bisa melihat ada pegawai perusahaan taksi di depan pintu gerbang.
大門口那兒你會看到有計程車公司的工作人員。

A Pegawai perusahaan taksi?
計程車公司工作人員？

B Ya, Anda tinggal kasih tahu alamat tujuan Anda. Setelah itu, akan disuruh bayar uang taksi dan dikasih tanda terima oleh pegawainya, Anda tinggal naik ke taksi saja.
對啊。你告訴他你要去的目的地，他會叫你付錢，你拿了收據後等著上車就行。

A O, begitu.
這樣啊。

B Banyak sekali pilihan perusahaan taksi.
有好多家計程車公司。

A Menurut Anda, mana yang paling bisa dipercaya?
你覺得哪一家最好？

B Blue Bird.
藍鳥。

A Terima kasih!
謝啦！

B Sama-sama.
不用客氣。

> 會話 ❸ <

A　Numpang tanya, di mana saya bisa menukar uang?
請問，哪兒可以換錢？

B　Anda bisa melihat ada bank di depan sana.
您看到沒？前面那兒有一家銀行。

A　Terima kasih! Kalau wartel di mana?
謝謝！機場有公用電話打嗎？

B　Nggak ada. Kalau mau telepon pakai HP aja.
沒有。你用手機打好了。

A　Mahal banget kalau pakai HP Taiwan.
但是用台灣卡很貴啊。

B　Anda bisa beli kartu Indonesia di sini.
你買印尼卡不就行了。

A　 Di bandara ada yang jual?
機場有的賣嗎？

B　Ada.
有啊。

A　Terima kasih!
多謝！

生詞表

numpang tanya 請問	berbélok 轉彎
terus 直接，徑直、繼續	lalu 然後
menyéwa 出租	troli 手推車
memakai 使用，用	naik 乘（車）
pegawai 職員	perusahaan 企業
gerbang 大門	tinggal 只等
kasih tahu（口語）告訴	alamat 地址
tujuan 目的	menyuruh 吩咐
oléh（介詞）被，由	begitu 那樣
banyak 多	pilihan 選擇
menurut 根據，按照	paling 最
mempercayai 相信	menukar 兌換
bank 銀行	wartél = warung télékomunikasi 電話店
HP 手機	mahal 貴
kartu 卡	

 18-5

◆ Pesawat kami akan segera tinggal landas. 飛機馬上要起飛了。

◆ Para penumpang yang terhormat, silakan duduk di kursinya masing-masing dan kenakan sabuk pengaman. 尊敬的乘客們，請在各自座位上坐好，繫好安全帶。

◆ Bapak-bapak dan ibu-ibu yang terhormat, tolong Hpnya dimatikan. 尊敬的先生們、女士們，請關手機。

◆ Kancingkan sabuk pengaman. 請扣好安全帶。

◆ Pesawat kami akan segera mendarat. 飛機馬上就要著陸。

◆ Pesawat kami akan segera tiba di Bandara Internasional Soekarno-Hatta. 飛機馬上就要抵達蘇加諾－哈達國際機場。

◆ Hpnya jangan dihidupkan sebelum pesawatnya berhenti. 飛機停之前請不要開手機。

◆ Para penumpang yang terhormat dipersilakan tetap duduk di tempat duduk sebelum pesawat berhenti dengan sempurna. 飛機沒停穩前，乘客們請不要離開座位。

◆ Sebelum pergi meninggalkan pesawat, periksalah barang-barang bawaan Anda supaya tidak ada yang tertinggal. 請您帶齊隨身行李下機。

◆ Pesawatnya baru berhenti. 飛機剛停。

◆ Kami baru keluar dari pesawat. 我們剛下飛機。

◆ Di mana tempat pengambilan bagasi? 哪兒取行李？

◆ Bagasinya sudah keluar? 行李出來沒？

◆ Ambil troli dulu. 先拿推車。

◆ Untuk penumpang asing antri di sini. 外國乘客排這兒。

◆ Ini jalur khusus untuk diplomat. 這是外交通道。

◆ Taksi di mana? 計程車在哪兒搭乘？

◆ Perlu antri? 要排隊嗎？

◆ Sabar dong, antriannya panjang. 耐心點，很多人排隊呢。

◆ Fotonya kok nggak mirip? 照片怎麼不像本人？

◆ Waktu itu rambut saya péndék. 我那時是短髮。

◆ Ada bawaan yang perlu dilaporkan? 有攜帶要申報的東西嗎？

◆ Keluarkan HP dulu, baru lewat pintu. 把手機拿出來，再過門。

◆ Saya tidak membawa barang terlarang. 我沒有攜帶違禁品。

◆ Tas dan koper harus diperiksa juga. 包包和箱子都要檢查。

註釋

❶ menyuruh 意為 "叫（做某事），命令，指使"。如：

Beliau menyuruh Ma Li pergi ke kantornya. 他叫馬麗到他辦公室。

Dokter Li menyuruh saya berbaring. 李醫生叫我躺下。

其相應的被動形式為：

Ma Li disuruh beliau pergi ke kantornya.

Saya disuruh berbaring oleh Dokter Li.

❷ mempercayai 詞根是 percaya，其被動形式應該是 dipercayai，但習慣上經常說 dipercaya。印尼語把這種將錯就錯的現象稱之為 salah kaprah。

❸ banget 很，非常。等於 sangat 和 sekali，但口語中更常用。

❹ 動詞詞根接後綴 -an 的名詞一般指物。

(1) 表示動作的 "物件"。如：

| makan | ➡ | makanan 食物 | pakai | ➡ | pakaian 衣服 |
| minum | ➡ | minuman 飲料 | baca | ➡ | bacaan 閱讀材料 |

(2) 表示動作的 "結果"。如：

jawab	➡	jawaban 答案	pikir	➡	pikiran 想法
bagi	➡	bagian 部分	tulis	➡	tulisan 文章
buat	➡	buatan 製造的東西	tanam	➡	tanaman 種植物

文化小觀察

爪哇人崇尚和諧原則，會儘量避免公開發生衝突。所以即使對人不滿或有意見，都不會當面表現出來。印尼人說話給人印象比較含蓄，較多使用較為婉轉溫和的詞，避免使聽者不愉快。比如很少用否定詞 tidak（不），而用 kurang（不夠）等。

> 會話 ❶ <

🔊 19-1

A Tomy, saya perlu tukar uang dulu.
托米，我想先換錢。

B Kalau tukar uang, kita harus ke mal.
換錢我們得去大商場。

A Ke mal? Bukannya ke bank?
去大商場？不是去銀行嗎？

B Kalau di Indonesia, biasanya kami menukar uang ke *money changer*, bukan ke bank.
在印尼我們一般都是去換錢處換錢，不是去銀行。

A Kenapa?
為什麼？

B Karena kurs di *money changer* lebih tinggi daripada di bank.
因為換錢處的匯率比銀行高啊。

A Memang bisa dipercaya?
信得過嗎？

B Bisa, dan lebih gampang, karena *money changer* ada di mana-mana.
當然。而且到處都有，很方便。

》會話 ❷ 《

A Selamat sore! saya mau tukar NT (Uang Taiwan) ke Rupiah, berapa kursnya hari ini?
你好！我想把新台幣換成印尼盾。今天匯率多少？

B Selamat sore, Bu! Satu NT Taiwan ditukar Rp.330.
你好，太太！1元可換330盾。

A Kalau dolar?
美元怎麼換？

B Satu dolar Rp.11.000.
1美元換1萬1千盾。

A Saya mau tukar 1.000 dolar.
我換1000美元。

B Ini Rp.11.000.000. dan tolong diisi nama serta nomor Hpnya, lalu ditandatangani.
這是您的印尼盾，請把您的名字、手機號碼寫在這兒，然後簽名。

A Pantas saja *money changer* bisa dipercaya.
難怪換錢處信得過呢！

〉會話 ❸ 〈

🔊 19-3

A Tomy, kemarin saya tukar NT (Uang Taiwan), hari ini saya tukar lagi, tapi kursnya kok berbeda, ya?

托米，昨天我換了新台幣，今天也換了，匯率怎麼不一樣呢？

B Ya, memang. Lain hari lain kursnya. Apalagi di *money changer* yang berbeda.

是啊。每天都不一樣，更不用説不同的換錢處啦。

A Oh, begitu. Kemarin di *money changer* yang di Mangga Dua, hari ini di toko kecil.

哦，這樣啊。昨天我在 Mangga Dua 大商場的換錢處，今天在小店。

B Biasaya *money changer* yang di dalam mal sedikit rendah kursnya.

一般大商場的換錢處匯率會低些。

A Lain kali saya ke *money changer* toko kecil aja.

那我下次去小店換。

B Tapi lebih nyaman di mal.

大商場的環境好得多。

生詞表

duit（口語）＝uang 錢	kurs 匯率
mémang 的確	gampang 容易
daripada 比……	untung 划算；幸好
kuat 強	beberapa 幾個、一些
mengisi 填寫	serta 以及
menandatangani 簽名	pantas 難怪
berbéda 不同	apalagi 何況
dalam 裡面	kok 怎麼
rendah 低	lain kali 下次
nyaman 舒適	

🌼 日常用語 🌼

- Berapa kurs hari ini? 今天匯率是多少？

- Satu dolar berapa Rupiah? 1美元換多少印尼盾？

- Di mana menukar Rupiah? 哪兒可換印尼盾？

- Rupiah melemah belakangan ini. 近來印尼盾較弱。

- Dolar menguat bulan ini. 這個月美金很強。

- Ke mal aja kalau tukar uang. 要換錢就去大商場。

- Bisa ditawar nggak kalau di *Money Changer*? 換錢處換錢能討價還價嗎？

- Mana yang lebih tinggi? 哪個更划算？

- Kurs tiap hari tidak sama. 每天匯率不一樣。

- Tolong uang ini ditukar ke Rupiah! 請幫我把錢換成印尼盾。

- Numpang tanya, hari ini kursnya berapa? 請問，今天匯率怎樣？

- *Money changer* hari libur tetap buka, béda dengan bank. 換錢處假期都開呢，不像銀行。

- Biasanya bank tutup jam 14:00. 銀行一般下午兩點關門。

- Cari *Money Changer* gampang. 換錢處很容易找。

- Kurs di *Money Changer* lebih tinggi daripada di bank. 換錢處的匯率要比銀行的高。

- Pokoknya banyak keuntungannya kalau tukar uang di *Money Changer*. 總之，去換錢處換錢好處多多。

① lain 不同，別的，另外。它可位於被修飾語之後或之前。

(1) 位於被修飾語後，如：

kota lain 別的城市 　　　　barang lain 其他東西

kelas lain 別的班

(2) 位於被修飾語前，如：

lain hari 改日 　　　　lain kali 下次

(3) 印尼成語：lain dulu lain sekarang（此一時，彼一時）。該成語可以套用，如：

lain kota lain pemandangan 不同城市風景不一樣

lain negeri lain adat 不同地方習俗不同

② berapa 是疑問代詞，而 beberapa 是不定數詞。如：

Berapa jam bisa sampai 幾個小時能到？

Berapa orang di kantor Anda? 您辦公室有幾個人？

Beberapa jam kemudian, mereka berangkat. 幾小時後，他們出發了。

Hanya beberapa orang menunggu di luar. 外面只有幾個人在等。

❸ 印尼語同等級、比較級、最高級的表達法：

(1) 同等級： sama+ 形容詞 +nya+dengan

se-+ 形容詞

Kamarnya sama luasnya dengan kamar saya. 他的房間跟我的一樣大。

Kota Shanghai sebagus kota Hongkong. 上海跟香港一樣漂亮。

(2) 比較級： lebih + 形容詞 +daripada

Saya lebih rajin daripada adik saya. 我比我弟弟用功。

Penduduk Tiongkok lebih banyak daripada Indonesia. 中國人口比印尼人口多。

(3) 最高級： paling + 形容詞

ter-+ 形容詞

Dia paling tua di antara kami. 我們當中他年級最大。

Tas itu termahal. 那個包包最貴。

✎ 注意

並不是所有形容詞都可以加前綴 ter- 表示最高級。

文化小觀察

　　因匯率關係，在印尼換錢一般不去銀行，而是去 money changer，匯率高且兌換相當方便，商場、小鋪到處都有 money changer。因為有收據為憑證，所以顧客也不用擔心上當受騙；而銀行一般下午兩點關門，週日也不開，所以非遊客的最佳選擇。

買電話卡

 會話 1

🔊 20-1

A Saya pengen beli kartu HP.
我想買電話卡。

B Di mana-mana ada yang jual kartu telepon.
哪兒都有賣電話卡的。

A Katanya kartu Mentari dan IM3 paling murah?
聽說 Mentari 和 IM3 卡最便宜？

B Bener. Lain operator lain tarifnya.
對啊。不同的電信公司收費標準不同。

A Saya beli yang mana kalau mau telepon ke Taiwan?
我打電話回台灣的話買哪個好？

B IM3 aja yang paling murah. Satu menit Rp.400, lagian ada bonusnya kalau telepon.
IM3 就可以啦。最便宜，每分鐘 400 盾。打電話還有獎勵呢。

A Bonus?
獎勵？

B Misalnya, telepon beberapa menit dikasih beberapa sms gratis.
比方說，你打了幾分鐘電話就送你免費發幾條簡訊。

A Ternyata jauh lebih murah daripada di Taiwan.
想不到比台灣便宜多了。

B Kalau sesama kartu seoperator memang murah, tapi kalau beda operator mahal.
同一家電信公司的確很便宜，不同電信公司的卡打電話很貴。

144

會話 **2**

20-2

A Apa kabar?
你好嗎？

B Baik, kamu gimana?
很好。你呢？

A Ya begitulah. Eh, antar aku ke counter isi pulsa dong.
挺好的。哎，你陪我去電話儲值吧。

B Ngapain?
怎麼啦？

A Mau beli kartu SIM lagi.
我想買手機卡。

B Kartu IM3 kamu kenapa?
你的 IM3 卡怎麼了？

A Nggak apa-apa, cuma pengen ganti kartu Jogja aja.
沒怎麼啊，只是我想換張日惹的。

B Oo... di sekitar sini ada banyak kaki lima yang jual kartu dan isi ulang pulsa.
附近有的，很多小攤都賣電話卡、電話儲值。

A Biasanya mereka jual kartu apa?
有什麼卡賣？

B Banyak, ada Simpati, Kartu AS, Kartu Halo, Mentari, M3, Matrix, Pro XL, XL Bebas, dll.
很多。有：Simpati、AS 卡、Halo 卡、Mentari、M3、Matrix、Pro XL、XL Bebas 等等。

A Harganya berapa ya?
價錢怎麼樣？

B Tergantung, kalau nomor cantik harganya bisa sampai Rp.100.000, tapi kalau yang biasa paling cuma Rp.15.000.
要看你買的卡號，選號要 10 萬盾，普通的 1.5 萬盾就可以了。

會話 ❸

🔊 20-3

A Saya mau beli kartu Mentari, berapa harganya?
我想買 Mentari 卡，多少錢一張？

B Kalau Mentari, bisa Rp10.000.
Mentari 卡最便宜一張 1 萬盾。

A Kalau Rp.10.000, cepat habis, saya mau yang Rp.30.000.
1 萬盾用不了多久。我要 3 萬盾的。

B Kebetulan Mentari lagi promosi, kalau Anda beli Rp. 50.000, dikasih bonus Rp.50.000.
Mentari 卡現在剛好有促銷，買 5 萬送 5 萬。

A Bagus juga. Kalau begitu, saya beli yang Rp.50.000.
這麼好？那我買 5 萬的。

B Bonusnya dikasih secara berkala dalam waktu lima bulan.
每月送 1 萬，分五個月送。

A Oke. Terima kasih!
這我知道。謝謝啦！

B Sama-sama. Lain kali mampir lagi ya!
應該的。歡迎下次再來！

生詞表

péngén（口語）= ingin 想	tempat 地方
menjual 賣	benar 對，正確
operator 電信公司	tarif 價目
lagian（口語）再說	bonus 獎勵
gratis 免費	ternyata 顯然
jauh 遠	sesama 同樣的，同一個……
béda 差別，不同	pulsa 電話費的計量單位
dong 語助詞，嘛	ganti 換
sekitar 周圍	kaki lima 屋簷、騎樓
ulang 重複	biasanya 一般來說
harga 價格	tergantung 看情況
biasa 普通，一般	cuma 只是
promosi 促銷	secara 以……方式
berkala 定期的	mampir 逗留

❀日常用語❀

◆ Kartu IM3 berapa harganya? IM3 卡多少錢一張？

◆ Kartu Mentari mahal nggak? Mentari 卡貴不貴？

◆ Pulsa HP saya hampir habis. 我手機的錢差不多用完了。

◆ Pulsa HP saya habis, perlu diisi ulang. 我手機沒錢了，要儲值。

◆ Di mana dapat beli kartu HP? 哪兒買手機卡？

◆ Yang mana paling baik mutunya? 哪家品質最好？

◆ Tergantung operatornya. 要看電信公司。

◆ Tergantung kartunya. 要看什麼卡。

◆ Tak usah kuatir, beli kartu HP gampang. 不用擔心，買手機卡方便的很。

◆ Saya mau ganti kartu. 我想換卡。

◆ Kartu yang mana lebih murah? 哪個卡更便宜？

◆ Sinyalnya gimana? 訊號好不好？

◆ Sinyalnya jelék. 訊號不好。

◆ Pelayanannya kurang memuaskan. 服務不太好。

◆ Lagi promosi. 正在促銷呢。

◆ Bonusnya menggiurkan. 獎勵很誘人啊。

◆ Bonusnya tidak dikasih sekaligus. 不是一次性獎勵。

◆ Telepon lebih praktis daripada sms. 打電話比發簡訊方便。

◆ Saya mau yang termurah. 我要最便宜的。

◆ Di mana saya dapat isi ulang pulsa HP? 哪兒能儲值？

① bener 原是 benar。印尼語口語受雅加達方言影響，最後一個音節的母音 a 一般都說成 e。如："我"，雅加達人一般說 gue，是閩南方言 gua 的變音。還有 ada － ade、tanya － tanye、simpan-simpen、dengar-denger 等等。

② 介詞 dengan：

(1) 表示 "和"、"與" 或 "跟"。如：

Li Li akan pergi ke Shanghai dengan orang tuanya. 李麗和父母去上海。

Saya akan berkumpul dengan ibu saya bulan yang akan datang. 下個月我要和媽媽團圓。

(2) 表示 "以…方式（態度等）"。如：

Ma Li berjanji akan belajar dengan serajin-rajinnya. 馬麗答應會用功學習。

Ekonomi Guangzhou berkembang dengan cepat. 廣州經濟快速發展。

(3) 表示 "使用…（工具等）"。如：

Kami pulang dengan mobil. 我們乘車回家。

Dia datang dengan sepedanya. 他騎自行車來。

(4) 表示解釋原因，可譯為 "因為…而"。如：

Kota Guangzhou terkenal dengan makanan dan masakan yang bukan main lezatnya. 廣州以美食聞名。

Pulau Bali termasyur dengan keindahan pemandangannya. 峇里島以其風光秀麗而聞名。

(5) 表示 "處在⋯⋯（狀態），通過⋯⋯（途徑）"。如：

<u>Dengan</u> berolahraga, kami akan menjadi sehat. 通過運動，我們會變得更健康。

Ia berobat ke rumah sakit <u>dengan</u> diantarkan oleh temannya. 他朋友送他去醫院看病。

❸ tergantung 的用法

(1) 掛著、被掛在；如：

Foto bintang film itu tergantung pada dinding kamarnya. 他房間牆上掛著明星照片。

(2) 取決於，決定於；如：

Pemecahan masalah nuklir Iran tergantung pada rakyatnya sendiri. 伊朗核武器問題的解決取決於他本國的人民。

(3) 口語中經常單獨使用，可譯成 "看情況"。

❹ cuma 在口語中有時會發為 cuman。

❺ ke-an 形式的名詞大多是抽象名詞。它的詞根主要是形容詞、動詞、名詞、副詞、數詞和片語。如：

salah 錯	➡	kesalahan 錯誤
kurang 不夠	➡	kekurangan 缺點
giat 努力	➡	kegiatan 活動
bersih 乾淨	➡	kebersihan 衛生
senang 高興	➡	kesenangan 愉快
marah 生氣	➡	kemarahan 生氣
indah 美麗的	➡	keindahan 美麗
perlu 需要	➡	keperluan 需要

文化小觀察

　　在印尼，打公用電話可到 wartél（電訊所），收費較便宜；最近幾年印尼手機的使用率普及很快，如果打市內電話，同一家電信公司有些不收費；如果是國內長途，同一家電信公司的收費也很實惠，幾百盾一分鐘；若不是同一家的則要幾千盾一分鐘；打國際電話則比較便宜。在印尼購買手機卡也相當方便，不過不同電信公司的手機通訊品質會不同。

打電話

 會話 ❶

🔊 21-1

A Tony, saya mau telepon sama teman di Jogja, gimana?
托尼，我要給日惹的朋友打電話，怎麼打？

B Pakai telepon rumah aja.
用市內電話打就行了。

A Tarif telepon rumah mahal nggak?
市內電話貴嗎？

B Tergantung. Kalau lokal, murah. Satu menit Rp.100; kalau interlokal sekitar Rp.500, internasional Rp.10.000 lebih.
看你打哪裡。打市內很便宜，一分鐘 100 盾，國內長途大概 500 盾，國際的話要 1 萬多盾。

A Kalau telepon di wartel?
那公用電話呢？

B Sama seperti telepon rumah. Cuman ditambah uang jasa.
都是市內電話呀，只不過要加服務費。

A Kalau pakai HP gimana?
那如果用手機打呢？

B Kalau seoperator, bisa murah sekali. Misalnya: kartu Mentari atau M3, satu menit sekitar Rp.400 aja, internasional pun sama.
如果是同一家電信公司，可以很便宜。如 Mentari 或 M3 卡，一分鐘只要 400 盾左右，打國際長途也一樣。

> 會話 ❷ <

A Halo, saya mau bicara sama Li Li.
你好！我找李麗。

B Saya sendiri. Ini siapa ya?
我就是。你是哪位？

A Saya sekretaris fakultas.
學院秘書。

B O, Mbak Lu Lu. Ada keperluan apa?
哦，是露露啊。有什麼事嗎？

A Besok ada rapat di fakultas, jam 02:00 siang.
明天下午 2 點學院要開會。

B Terima kasih! Saya akan hadir.
謝啦。我會去的。

〉會話 ❸ 〈

🔊 21-3

A Halo, Ibu Mutia?
你好，是姆蒂雅夫人嗎？

B Ya, Anda siapa?
是的，您哪位？

A Saya sekretaris Bapak Anwar.
我是安瓦爾先生的秘書。

B Pak Anwar kebetulan tidak di rumah.
安瓦爾先生現在不在家。

A Begini: saya menerima email dari Direktur Perusahaan C di Indonesia, katanya dia akan tiba di Bandara Tao Yuan minggu ini.
是這樣：我剛收到印尼 C 公司經理的電郵，他說這星期會到桃園機場。

B Akan saya sampaikan sama Pak Anwar kalau beliau pulang.
安瓦爾先生回家，我會轉告他的。

A Terima kasih, Bu!
謝謝，夫人！

B Sama-sama. Kalau ada waktu, mampir aja ke rumah, ya.
不用客氣。有時間來我家坐坐！

＞ 會話 ❹ ＜

A　Selamat pagi! Bu Mutia!
早安，姆蒂雅老師。

B　Selamat pagi! Anda siapa?
早安！您哪位？

A　Saya ibu Tomy. Minta izin buat Tomy, Tomy tidak masuk kuliah karena sakit.
我是托米的媽媽，我想幫他請病假。

B　Sakit? Parah tidak?
病了？嚴重嗎？

A　Demam, 38.50°C.
發燒，38.5 度。

B　Sudah ke dokter?
去看醫生了嗎？

A　Sudah, dan dikasih obat demam.
去了，拿了退燒藥。

B　Kalau begitu, istirahat baik-baik di rumah.
那叫他在家好好休息。

A　Terima kasih!
好的，謝謝！

生詞表

lokal 地方的；當地的	interlokal 國內長途
internasional 國際	menambah 增加
uang jasa 服務費	berbicara 談話
sama 口語中充當介詞 dengan, pada 等	sendiri 自己
sana = situ 那兒	sékrétaris 秘書
fakultas 系，學院	keperluan 需要
rapat 會議	hadir 出席
begini 這樣	menerima 收到、接收
diréktur 經理	menyampaikan 轉達
minta 請求	izin 批准，許可
buat = untuk 做，為	sakit 生病
parah 嚴重	demam 發燒
dokter 醫生	obat 藥
beristirahat 休息	

 日常用語

- Numpang tanya, di sekitar sini ada wartél? 請問附近有公用電話嗎？

- Bagaimana tarif telepon di wartél? 打公用電話怎麼收費？

- Ada telepon kartu? 有磁卡電話嗎？

- Telepon di hotel bisa interlokal? 酒店的電話可以打長途嗎？

- Kalau mau interlokal, silakan ke lobi di lantai satu. 如需要打長途，請到一樓大廳。

- Kalau saya mau telepon ke Taiwan, bagaimana caranya? 我想打電話回台灣，怎麼打？

- Anda mesti tekan angka nol dulu, lalu nomor Taiwan 886, terus nomor teleponnya. 您要先撥零，再撥台灣區號886，然後再撥電話號碼。

- Nomor ini tidak dipakai lagi. 這個號碼已經不用了。

- Nomor ini salah. 該號碼有誤。

- Nomor ini kurang lengkap. 該號碼不齊。

- Kok nggak ada yang angkat? 怎麼沒人接？

- Tolong disambungkan ke kamar nomor... 請幫我轉到……號房間。

- Maaf, tidak bisa tersambung sekarang, tolong dicoba sebentar lagi. 對不起，現在無法接通，請稍候再撥。

- Maaf, Hpnya sudah dimatikan. 對不起，該手機已關機。

- Maaf, pulsanya sudah habis. 對不起，該手機話費已用完。

- Maaf, saya salah ingat. 對不起，我記錯了。

- Maaf, saya salah pencét. 對不起，我按錯了。

- Anda siapa? 您是哪位？

- Ada pesan yang perlu saya sampaikan? 有什麼話需要我轉告的嗎？

- Pesannya akan saya sampaikan kepada... 我會把您的話轉告給……

- Saya mau bicara dengan.... 我找……

- Tolong panggilkan.... 請幫忙叫……

- Sedang sibuk. 占線。

- Sedang sibuk, silakan dicoba sesaat lagi. 正在通話呢，請稍候再撥。

註釋

❶ 38.50℃讀 tiga puluh delapan koma lima derajat Sélsius

❷ 印尼語中，簡訊是 pesan singkat，但大家習慣說英語縮略語 sms。

❸ minta izin 請求批准。 minta 與一些片語成固定片語，如：

    minta ampun 請饒恕   minta maaf 請原諒

    minta diri 告辭   minta cuti 請假

❹ masuk kuliah 上課。 masuk 與一些名詞組成固定片語。如：

    masuk sekolah 入學   masuk akal 合情合理

    masuk kerja 上班   masuk angin 傷風

    masuk tentara 參軍   masuk Islam 入伊斯蘭教

❺ 反身代詞 sendiri 的用法：

(1) sendiri 放在名詞或代詞後作定語。如：

    Saya sendiri masih belum membaca. 我自己還沒讀。

    Dia tak punya rumah sendiri. 他沒有自己的房子。

    Biar saya sendiri pergi. 讓我自己去吧。

(2) sendiri 放在動詞後作狀語。如：

    Gurunya datang sendiri untuk mengambilnya. 老師親自來拿。

    Saya tak mau pergi, pergi sendirilah kalian. 我不想去，你們自己去吧。

    Orang tuanya melihat sendiri bagaimana keadaan Li Li. 李麗爸媽親眼目睹她是怎樣的情況。

⑥ begini 和 begitu

begini

(1) begini 作指示代詞，一般指代說話人即將說到的事情。如：

Begini, Rin! Rasanya aku harus berhenti sekolah. 琳，是這樣的，看來我得休學了。

Maksudku begini, lebih baik sekarang berangkat. 我的意思是這樣的：最好我們現在就出發。

Sebaiknya begini, saya tunggu Anda di depan gedung kuliah pertama. 最好這樣：我在第一教學樓前等你。

(2) begini 還可以表示 "如此⋯⋯"。如：

Malam begini Anda datang juga. 這麼晚你也來。

Dingin begini pakaianmu tetap tipis saja. 這麼冷你還穿那麼單薄。

Gunung itu tinggi begini, Anda mau naik juga? 這麼高的山，你也願意爬？

begitu

(1) begitu 作指示代詞時，一般用來指代前面已經講過的事情。如：

Kalau begitu, kita harus cepat-cepat. 如果那樣的話，咱們得快點。

Jangan begitu, nanti jatuh! 別那樣，會摔跤的！

(2) begitu 還可接 juga, pun, pula 等詞。如：

Kami semua sehat-sehat. Begitu juga Ma Li dan Li Li. 我們都很健康。馬麗和李麗也一樣。

Saya setuju saja. Begitu pun boleh. 我同意，那樣也可以。

⑶ begitu 與 saja 連用，表示 "隨隨便便"、"馬馬虎虎" 的意思。如：

Pikir dulu, jangan dijawab begitu saja. 先想下，別隨便回答。

Dompetnya jangan diletakkannya begitu saja. 錢包可別隨便亂放。

⑷ begitu ＋形容詞表示 "那麼……"。有時還與表示否定的副詞 tidak 連用，即 "tidak begitu……" 或 "tak begitu…" 表示 "不怎麼……"。如：

Pantas Anda begitu gemuk. 難怪你那麼胖。

Malam ini tidak begitu dingin. 今晚不怎麼冷。

Barang ini tak begitu mahal. 這東西不怎麼貴。

文化小觀察

　　所謂入鄉隨俗，我們與印尼人打交道，也要瞭解和尊重他們的宗教信仰、風俗習慣等。比如印尼人最忌諱被人用手摸頭、用左手遞東西，因為左手被認為不潔；穆斯林不吃豬肉，認為豬是最髒的動物，所以我們儘量要避免在他們面前談論 babi（豬），以免引起他們的反感。

Pelajaran 22

上網

＞ 會話 ❶ ＜

🔊 22-1

A Ngomong-ngomong, kalau saya mau ngenet gimana ya?
順便問一下，怎樣能上網？

B Bisa ke warnet.
去網咖啊。

A Di rumah tidak bisa?
家裡不行嗎？

B Biasanya tidak ada internet di rumah, mahal banget biayanya.
一般家庭沒裝網路，上網很貴。

A Mahal banget?
在家上網很貴？

B Ya. Bisa Rp.15.000 atau Rp.20.000 tarif perjamnya.
對啊，一個小時要 1.5 萬或 2 萬盾呢。

A Kalau gitu, saya percuma aja bawa laptop.
這樣啊，那我白拿筆記型電腦了。

B Ke warnet bisa.
去網咖可以啊。

A Tarif di warnet gimana?
網咖難道不貴？

B Tergantung kota dan lokasinya, kira-kira sekitar Rp.3.000-6.000.
要看在哪個城市、哪個位置了，一小時大概 3000 到 6000 盾吧。

> 會話 ❷ <   🔊 22-2

A　Mbak, saya mau ngenet.
你好，我想上網。

B　Mau berapa jam?
要多久？

A　Dua jam berapa, Mbak?
兩小時。多少錢？

B　Kalau dua jam Rp.6.000.
兩小時 6000 盾。

A　Jadi, kalau pakainya lama bisa dikasih diskon?
是不是上網時間長就有優惠？

B　Ya betul.
對啊。

> 會話 ❸ <   🔊 22-3

A　Kenapa di Indonesia internet mahal sekali?
印尼上網怎麼這麼貴？

B　Biayanya mahal, katanya. Karena operatornya sedikit, penggunanya juga belum begitu banyak.
成本高啊！電信公司少、用戶也不多。

A　Kalau Wi-Fi, gimana?
無線上網怎麼樣？

B　Biasanya di hotel, mal, bandara, dan tempat-tempat tertentu baru bisa.
酒店、大商場、機場和一些特定場所才有。

生詞表

ngomong-ngomong 閒談、說到	ngenét（口語）上網
internét 網路	warnét = warung internét 網咖
Wi-Fi 無線網路	percuma 白費
membawa 攜帶	lokasi 位置
diskon 打折，優惠	pengguna 用戶，使用者
tertentu 固定	

日常用語

◆ Saya mau ngenét. 我想上網。

◆ Gampang tidak kalau mau ngenét? 上網方便嗎？

◆ Biasanya tidak ada jaringan internét di rumah. 一般家庭都沒裝網路。

◆ Kalau pasang jaringan internét broadband（kecepatan tinggi）mahal. 裝寬頻很貴的。

◆ Kalau ngenet pakai telepon sélulér pelan sekali. 用手機上網速度慢。

◆ Ke warnétlah kalau perlu. 需要的話就去網咖吧。

◆ Biayanya mahal karena pengguna internét belum begitu banyak. 因為網路使用者不多所以成本高。

◆ Di dekat sini ada warnét nggak? 這附近有網咖嗎？

◆ Warnét biasanya buka 24 jam. 網咖一般 24 小時都開。

◆ Anda bisa pakai Wi-Fi di hotel, bandara, mal, atau perpustakaan dengan gratis. 您可以在酒店、機場、大商場或圖書館免費無線上網。

① 印尼網路比較落後，寬頻上網還未普及，尤其是雅加達以外的城市和地區；且寬頻收費較貴，非一般收入的家庭能夠承受；但這並不影響印尼年輕人對網路的追捧，所以 facebook、blackberry 等在印尼很流行。

② ngomong-ngomong 是口語中，想談起一個話題時使用的連詞，相當於中文的 "說起"。

③ gitu 是 begitu 的口語，有時也說 gituan。

④ aja 是 saja 的口語。

⑤ pe- 形式的接續名詞

前綴 pe- 構成的接續詞大多數是名詞，通常表示 "施動者"，變音規律與前綴 me- 相同。如：

    pe- + main ➡ pemain 運動員、演員

    pe- + ajar ➡ pengajar 教師、傳授者

    pe- + baca ➡ pembaca 讀者

    pe- + kerja ➡ pekerja 工人、工作者

    pe- + tani ➡ petani 農民

    pe- + guna ➡ pengguna 使用者、用戶

❻ memper –（i / kan）形式的動詞是及物動詞，數量不多，其語法意義如下：

(1) memper ＋ 形容詞（＋i / kan）　memper –（i / kan）形式的接續詞中，以詞根為形容詞的最常用。這類動詞表示 "致使" 的意義。如：

memperkecil 縮小　　　　　　memperburuk 使惡化

memperbesar 擴大　　　　　　memperpéndék 縮短

mempertinggi 加高　　　　　　memperdekat 使更近

memperbaiki 改善、修理　　　　memperbarui 更新

(2) "memper ＋ 動詞（或名詞）＋ i / kan" 的動詞接續詞。如：

memperhatikan 關心、關注，注意

 mempersilakan 請

memperjuangkan 為……而奮鬥

memperkembangkan 促進

mempelajari 研究

文化小觀察

　　印尼語中外來借詞很多，如阿拉伯文、梵文、中文、荷蘭文、英語，現代科技用語中英語借詞最多。由於印尼官方語言包括印尼語和英語，所以英語的普及程度較高。久而久之印尼人口頭和書面表達時喜歡夾雜英文單詞，連政界、語言學界都不例外。

在餐廳

》會話 ❶ 《

🔊 23-1

A **Selamat sore, Bu! Berapa orang?**
您好，夫人！請問幾位？

B **Selamat sore! Dua orang.**
你好！我們兩位。

A **Silakan masuk! Silakan duduk di sini, ini pas buat dua orang.**
請進！請坐這兒吧，剛好兩個人。

B **Tolong menunya?**
請把菜單給我好嗎？

A **Ini menunya. Mau pesan sekarang?**
這是菜單。現在點嗎？

B **Ya, saya mau satu ayam bakar.**
對，我要一份烤雞。

A **Minumnya?**
請問喝什麼？

B **Satu teh manis, satu lagi jus pepaya tanpa gula dan es.**
一份甜茶，一份木瓜汁，不要加糖、加冰。

A **Baik, tunggu sebentar.**
好的，請稍等。

會話 ❷

🔊 23-2

A Mas, kami bayar sekarang.
服務生，買單。

B Silakan bayar ke kasir.
請到收銀台。

A Berapa?
請問多少？

C Rp.98.000.
9.8 萬盾。

A Ini uangnya.
請收錢。

C Ini kembaliannya. Selamat jalan!
這是您的找零。慢走！

〉會話 ❸ 〈

🔊 23-3

A Selamat malam! Silakan masuk!
晚安！請進！

B Selamat malam!
晚安！

A Silakan makan!
請用餐吧！

B Aneh, belum saya pesan, kok udah dihidangkan? Apalagi banyak sekali lauknya.
奇怪了，我還沒點呢，菜就端上來了？而且還這麼多！

A Ini memamg ciri khas restoran Masakan Padang. Mau minum apa?
這就是巴東菜的特色啊。想喝點什麼？

B Minum teh saja.
茶吧。

A Tunggu sebentar, ya!
請稍等。

B Kami nggak bisa habiskan semuanya.
這麼多我們吃不完。

A Nggak apa-apa. Nanti kami hitung yang dimakan saja.
沒關係。吃多少算多少，我們不會多收您的。

B Bagus sekali! Ini baru namanya tidak mubazir.
太好了！這才叫不浪費。

🔊 23-4

生詞表

pas 合適、剛好	kasih （口語）給
ménu 菜單	ayam bakar 烤雞
minuman 飲料	téh manis 甜茶
jus pepaya 木瓜汁	tanpa （介詞）沒有
gula 糖	és 冰
kasir 出納	kembalian 找零
anéh 奇怪	menghidangkan 端上
lauk 煮熟的葷菜	menghabiskan 吃光、用光
ciri khas 特色	menghitung 算
mubazir 浪費	

◆ Sudah sarapan? 吃早餐了嗎？

◆ Kita akan makan siang bersama besok. 明天咱們一起吃午飯。

◆ Kami diajak makan bersama ke réstoran. 有人邀請我們去餐廳吃飯。

◆ Kita ke warung aja. 我們去大排檔吧。

◆ Siapa yang traktir? 誰請客？

◆ Ini masakan khas Yogyakarta? 這是日惹菜？

◆ Ini masakan khas Jawa Timur. 這是東爪哇特色菜。

◆ Banyak sekali pilihan lauk pauk. 葷菜有很多種可選。

◆ Saya mau sayur aja. 我就想吃蔬菜。

◆ Saya tidak suka goréng-goréngan. 我不喜歡吃油炸的。

◆ Masakan ini tak énak rasanya tanpa sambal. 沒有辣椒醬這道菜不好吃。

◆ Masakan ini rasanya campur-campur： ada asin, asam, manis, dan pedas. 這道菜什麼味都有：鹹、酸、甜、辣。

◆ Saya tak kuat makan. 我吃不多。

◆ Tolong pesankan! 請幫我點吧。

◆ Saya bukan pemilih, makan apa saja boleh. 我不挑食，吃什麼都行。

◆ Kami mau gado-gado 1, dan sup buntut 1. 我們要一份涼拌菜、一份牛尾湯。

◆ Kita ke warung soto ayam atau soto sapi? 我們去雞肉湯店還是牛肉湯店？

◆ Rasanya gurih banget. 真是非常的香脆可口。

◆ Terlalu asin. 太鹹了。

◆ Enaknya bukan main. 味道好的不得了。

◆ Lauk ini sedap banget. 這道葷菜真是美味無比。

◆ Mas, bayar di mana? 服務生，請問在哪兒付錢？

◆ Mau tambah lagi? 還要添嗎？

◆ Tambah nasi nggak? 要添飯嗎？

◆ Minumannya bermacam-macam：kopi, téh, jus, dll. 飲料有很多種：咖啡、茶、果汁等。

◆ Ini saté kambing atau saté ayam? 這是羊肉串還是雞肉串？

◆ Saya belum terbiasa dengan masakan Indonesia. 我還沒習慣吃印尼菜。

◆ Saya belum cocok dengan makanan yang pedas. 我還沒習慣吃辣的。

❶ 一般印尼的 warung（小吃店）和 réstoran（餐廳）專做一種葷菜如雞肉、牛肉、羊肉、魚肉。

❷ kasih "給"，口語中常用。書面表達用 memberi 或 memberikan。

❸ me-kan 形式的動詞通常是及物動詞，詞根可以是動詞、形容詞和名詞等。

(1) 表示 "致使"。

A. 詞根為動詞。如：

Beberapa hari lagi dia boleh meninggalkan rumah sakit. 再過幾天他就可以出院。

Nanas dan pisang didatangkan dari Taiwan Selatan. 鳳梨和香蕉從台灣南方運來。

Barang belanjaan itu mereka masukkan ke dalam tas plastik. 他們把買的東西放進塑膠袋。

Sampaikan salamku untuk keluargamu. 向你的家人轉達我的問候。

B. 詞根為表示事物顏色、特性或心情的形容詞。如：

Berita ini menggembirakan semua orang. 這個消息令大家很振奮。

Jangan menyulitkan orang lain. 別為難別人。

Saya sedang berusaha mendekatkan kedua orang itu. 我正想法拉近那兩人的關係。

Prestasinya memuaskan orang tuanya. 他的成就讓父母很滿意。

Masalah ini memusingkan orang. 這個問題令人頭疼。

(2) 表示 "為動"（即替別人做某事）。這類動詞多半是 me- 形式的動詞加上後綴 -kan 構成的。如：

Paman membacakan kami surat itu. 叔叔讀信給我們聽。

Saya memilihkan nenek itu mentimun yang segar. 我幫奶奶挑新鮮的黃瓜。

Ibu sering mencucikan saya baju. 媽媽經常幫我洗衣服。

(3) 表示 "使進入"。詞根一般為表示地點或空間的名詞。如：

Orang yang suka korup seharusnya dipenjarakan. 喜歡貪腐的人應該關進監獄。

Mudah-mudahan keputusan ini tidak dilemariéskan. 但願該決定沒被擱置。

(4) 表示 "把……當成，把……看成"。詞根為表示身份或職務的名詞。如：

Pemimpin-pemimpin pada waktu itu suka didéwakan. 那時的領導喜歡被神化。

Mereka tidak merasa menganaktirikan pekerja-pekerja yang berasal dari désa. 他們並不覺得歧視民工。

(5) 表示 "使得到、使成為"。詞根為名詞。如：

Situasi ékonomi keluarga kita tidak mengizinkannya. 我家經濟條件不允許。

Beliau menceritakan cicitnya yang baru lahir itu laki-laki. 她說剛生的曾孫是男孩。

Kamu sudah tahu membédakan yang buruk dengan yang baik. 你已會分好壞。

Maafkan kesalahanku! 請原諒我的過失！

(6) 個別 me-kan 形式的動詞與其 me- 形式的動詞意義正好相反。如：

meminjam 借入	meminjamkan 借出
menyéwa 租入	menyéwakan 租出
meninggal 去世	meninggalkan 離開

文化小觀察

　　印尼人喜歡吃辣食、甜食，烹飪方法一般為煎炸、燒烤，這跟印尼熱帶海洋性既熱又濕的氣候有關。印尼人點菜時，一般會點飲料，而且果汁和茶都有加糖加冰的習慣。印尼最有特色的是巴東菜，除了魚，葷菜一般是吃多少算多少，而且端上來的菜按固定順序擺放，便於計算。巴東（Padang）是西蘇門答臘省府，巴東菜通指西蘇省的菜餚。

問路

> 會話 ❶ <

🔊 24-1

A Numpang tanya, kalau mau ke Mal Mangga Dua yang di Jalan Sudirman gimana ya?
請問，去蘇迪爾曼路的 Mangga Dua 大商場怎麼走？

B Jalan terus kira-kira 200 meter, sampai di perempatan belok ke kiri.
往前走 200 米左右，到了十字路口向左轉。

A Setelah belok, masih perlu jalan tidak?
轉彎後還要走嗎？

B Jalan kira-kira 30 meter. Anda akan melihat Mal Mangga Dua.
走大概 30 米，您就看到 Mangga Dua 大商場了。

A Terima kasih!
謝謝！

B Sama-sama.
不客氣。

> 會話 ❷ <

🔊 24-2

A Numpang tanya, Toko Buku Gramedia di mana?
請問，Gramedia 書店在哪？

B Toko buku Gramedia di Jalan MH. Thamrin No.1.
塔姆林路第 1 號。

A Naik apa ya ke sana?
去塔姆林路怎麼坐車？

B Dari sini, Anda dapat naik bus transjakarta nomor 3, turun di Perhentian Jalan MH. Thamrin, Gramedia ada di seberangnya.
您從這兒坐 3 路公車，在卡渣瑪達路公車站下車，書店就在對面。

A Setelah turun di perhentiannya, bisa kelihatan?
下車後，就能看到 Gramedia？

B Anda mesti menyeberang dulu.
您過對面就到了。

A Terima kasih banyak!
多謝！

B Sama-sama.
不客氣。

> 會話 ❸ <

🔊 24-3

A Numpang tanya, Mas! Ancol jauh nggak dari sini?
先生，請問 Ancol 離這兒遠嗎？

B Agak jauh.
有點遠。

A Ada bus kota yang langsung ke sana?
有公車直達嗎？

B Ada sih ada. Cuman sekarang jam sibuk, macet di mana-mana.
Anda naik ojek aja.
有是有的。不過現在是尖峰時間，到處都塞車。您不如坐摩托車。

A Sepeda motor? Wah, biar lambat asal selamat deh! Halte bus yang
paling dekat berapa jauh dari sini?
摩托車？那還是坐公車好了，俗話說安全第一！最近的公車站離這兒有多遠？

B Di seberang sana, jalan kaki lima menit bisa langsung sampai.
就在前面，5 分鐘就能走到。

A Terima kasih!
多謝！

B Sama-sama.
不用客氣。

生詞表

méter 米	perempatan 十字路口
seberang 對面	menyeberang 過對面，過馬路
bus 公車	bus transjakarta 雅加達市區公車
perhentian 汽車等的停靠站	bus kota 市區公車
gramédia 印尼最大的書店名	jam sibuk 高峰時間
sepeda motor 摩托車	ojék 計程機車
wah 嘆詞，表示驚訝、讚歎等	biar lambat asal selamat 只要安全慢點沒關係
déh 語氣詞，吧、啦	jalan kaki 步行

◆ Numpang tanya, Mal Mangga Dua di jalan apa? 請問，Mangga Dua 大商場在什麼路？

◆ Apakah ini Jalan Sudirman? 請問這是蘇迪爾曼路嗎？

◆ Naik bus nomor berapa kalau mau ke Taman Mini Indonesia Indah? 去印尼迷你公園坐幾路車？

◆ Kalau saya mau ke Jalan Gajah Mada, naik bus jalur berapa? 去卡渣瑪達路坐幾路車？

◆ Kami harus léwat perempatan itu? 我們要過那個十字路口嗎？

◆ Kamu harus menyeberang dulu, habis itu bélok ke kiri. 您得先過馬路，然後向左轉。

◆ Hati-hati ya waktu nyeberang. 過馬路要當心。

◆ Jalan terus kira-kira 200 meter, lalu bélok ke kanan. 往前走 200 米左右，然後向右轉。

◆ Toko buku Gramedia ada di ujung jalan itu. Gramedia 書店就在路的盡頭。

◆ Numpang tanya, kantor pos di mana? 請問，郵局在哪兒？

◆ Tidak jauh, jalan kaki 10 menit bisa sampai. 不遠，步行 10 分鐘就到。

註釋

❶ perempatan 詞根是 empat，加 per-an 詞綴後譯為十字路口。

❷ per-an 形式的名詞

(1) 表示動作 "本身" 或 "過程"，如：

berjalan 走路	perjalanan 路途
berkembang 發展	perkembangan 發展
berpisah 分開	perpisahan 分離
bertemu 見面	pertemuan 會面、會議
berubah 變化	perubahan 變化

(2) 表示動作的 "物件" 或 "結果"，如：

bertanya 問	pertanyaan 問題
berusaha 努力	perusahaan 公司
memperhatikan 關心	perhatian 關注，關心
mengingatkan 提醒	peringatan 提醒，警告，紀念

(3) 表示 "處所"，如：

beristirahat 休息	peristirahatan 修養地
berhenti 停止	perhentian 停車站
berangin-angin 納涼	peranginan 涼亭

(4) 表示 "事業"、"行業" 等,如:

tani 農民   pertanian 農業

ikan 魚   perikanan 漁業

industri 工業   perindustrian 工業

film 電影   perfilman 電影業

❸ pe-an 形式的名詞

(1) 表示動作 "本身" 或 "過程",如:

memeriksa 檢查   pemeriksaan 檢查

mengobati 治療   pengobatan 治療

menjual 賣   penjualan 出售

membeli 買   pembelian 購買

(2) 表示 "處所",如:

mandi 洗澡   pemandian 浴場

membuang 扔、流放   pembuangan 流放地、倒垃圾的地方

menampung 容納、接納   penampungan 收容所

(3) 表示 "集合體",如:

désa 村   pedésaan 村莊

gunung 山   pegunungan 山脈

pohon 樹   pepohonan 樹林

rumah 房子、家   perumahan 住宅區

文化小觀察

　　爪哇人崇尚悠閒的生活，故生活和工作節奏都比較慢，甚至可以說散漫，給外國人留下做事拖拉、辦事效率低、時間觀念差等印象。但同時，爪哇人也有一種 nrimo（nerima）即逆來順受精神，認為一切都是上帝安排好的，所以不管發生任何事情，你聽到最多的就是 "sabar dong"（不著急）、"pelan-pelan"（慢慢來）、"santai aja"（淡定）等，加上宗教信仰，爪哇人才可以在經歷天災人禍的考驗後依然保持樂觀、堅強的心態。

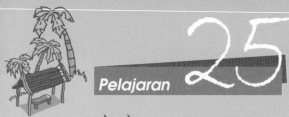

坐車

〉會話 ❶ 〈

🔊 25-1

A Ini halte bus ya?
這是公車站嗎？

B Ya, kalau mau naik bus dalam kota bisa dari sini.
是啊，如果要坐去市內的公車，在這兒就行。

A Kalau naik bus antarkota, di mana?
要是坐長途巴士，在哪兒上車？

B Ke terminal bus.
那要去汽車（總）站。

A Kok pintu busnya tidak ditutup?
怎麼不關車門？

B Lebih gampang buat kondektur, dan lebih cepat turun naik.
售票員會更方便，上下車也方便。

A Tapi kurang aman kelihatannya.
但看起來不安全呀。

B Ya, apalagi kebanyakan bus kelihatan reot-reot.
是啊，更何況有些車都破破爛爛的。

〉會話 ❷ 〈

🔊 25-2

A Lihat, ada becak!
看，有三輪車。

B Tapi saya takut kepanasan nanti.
可是我怕曬。

A Nggak apa-apa. Hari ini tak begitu panas.
沒關係，今天不是很熱啊。

B Ya, sudahlah! Ke Jalan Malioboro berapa, Mas?
那好吧。車夫大哥，去 Malioboro 路多少錢？

C Tiga puluh ribu.
3 萬盾。

B Kemahalan! Rp.20.000 aja ya?
太貴了，2 萬盾吧。

C Nggak bisa. Tempatnya lumayan jauh, apalagi cuacanya panas begini.
不行啊。路挺遠的，天氣又這麼熱。

A Kalau gitu, Rp.25.000.
那就 2.5 萬盾吧。

C Ibu ini pintar nawar. Ayo.
您可真會還價，那走吧。

> 會話 ❸ <

🔊 25-3

A Ibu mau ke mana?
您要去哪兒？

B Ke Jalan Sudirman, pakai argo, ya.
去蘇迪曼路，要跳錶。

A Pasti.
當然。

B Lain perusahaan taksi lain tarif ya Mas?
司機，不同的計程車公司收費不同是嗎？

A Ya. Kalau kami dari Blue Bird Grup, tarif buka pintu Rp.5.000, naik Rp.6.000, jalan Rp.3.000 perkilometer, dan lain kota lain juga tarifnya.
對。我們藍鳥集團的開門價 5000，起步價 6000，每公里 3000，不同城市收費也不同。

B Ngomong-ngomong, banyak sopir taksi di Jakarta nakal katanya.
聽說雅加達好多計程車司機不老實。

A Tergantung pada perusahaannya. Kalau kami dari BBG tidak nakal.
那您得看是什麼公司了。我們藍鳥集團的都很守本分。

B Makanya saya pilih taksi ini.
所以我坐您的車啊。

生詞表

halte 公車站	bus antarkota 長途汽車
términal 總站	menutup 關
kondéktur 售票員	turun 下
naik 上	aman 安全
kelihatannya 看起來	kebanyakan 大多數
réot 破舊	bécak 三輪車
kepanasan 遭太陽曬、太熱	kemahalan 太貴
lumayan 不算少，還可以	cuaca 天氣
pintar 聰明	menawar 討價
argo 計程車錶	pasti 肯定
buka 開	kilométer 公里
sopir = supir 司機	nakal 調皮，不老實
maka 所以	memilih 選擇

🔊 25-5

🌼 日常用語 🌼

◆ Mas, kami mau ke Jalan Sudirman. 司機，我們要去蘇迪爾曼路。

◆ Mas, ke Bandara Soekarno-Hatta. 司機，我們去蘇加諾－哈達機場。

◆ Dari sini jauh nggak? 這兒去遠嗎？

◆ Kurang lebih 10 kilometer. 大概 10 公里。

◆ Pakai argo, ya? 跳錶對吧？

◆ Berapa harga buka argo? 跳錶起步價是多少？

◆ Lain perusahaan lain tarifnya. 不同公司價格不一樣。

◆ Argonya terlalu cepat loncatnya. 錶跳的太快了。

◆ Macetnya jalan tol! 高速公路塞成這樣！

◆ Tolong lambat sedikit! 請慢點！

◆ Saya terburu-buru, bisa lebih cepat? 我趕時間，能否快點？

◆ Bisa kita menempuh jalan pintas? 我們能抄近路嗎？

◆ Kita motong jalan aja. 我們抄近路好了。

◆ Untung hari ini tidak begitu macet. 幸好今天不怎麼塞。

◆ Numpang tanya, ada halte bus dekat sini? 請問，這兒附近有公車站嗎？

◆ Dari sini ke halte bus terdekat berapa lama? 這兒到最近的公車站要多久？

◆ Saya sudah tunggu lama, tapi busnya belum datang juga. 我等了好久，公車還是沒來。

◆ Mahal tidak kalau naik bus transjakarta? 坐雅加達市區公車貴不貴？

◆ Sekarang sedang jam sibuk. 現在正是上下班尖峰期。

◆ Tolong antre kalau mau naik bus! 要上車請排隊！

◆ Penumpangnya penuh sesak di dalam bus. 車裡擠滿乘客。

◆ Minggir, busnya mau berhenti. 請靠邊，巴士要停站。

◆ Hati-hati, busnya akan belok. 小心，巴士要轉彎。

◆ Siapa yang belum membeli tiket? 誰還沒買票？

◆ Kalau tempatnya dekat, kita naik becak aja. 去近的地方，我們坐三輪車好了。

◆ Panasnya bukan main kalau naik becak. 坐三輪車熱死人。

◆ Nanti kita kehujanan kalau naik becak. 坐三輪車我們會淋雨。

① halte 是指公車的停車站；perhentian 可以是公車的停車站，也可以是火車、輪船等的停車站；口語中經常用 halte 指公車的停車站；términal 是指汽車、火車、輪船、飛機等的總站、起點或終點站。

② antarkota 中的 antar 屬外來語詞綴，置於名詞之前，表示 "彼此之間"，"……際"，"……間"。例如：antaruniversitas（校際），antarkota（城市間），antarpulau（島嶼之間），antardaèrah（區域間），antarnegara（國與國之間），antarmanusia（人與人之間）。

③ kelihatannya 看起來，看上去，是副詞。kelihatan 意思是 "能被看到，看得見"，是動詞。

kelihatan 這個由 ke-an 引導的動詞比較特殊，表示被動語態的能動語氣。kedengaran 和 ketahuan 也一樣。如：

Suaranya kedengaran dari lantai satu. 聲音 1 樓都聽得見。

Tingkah laku anaknya yang kurang baik itu ketahuan juga oleh tetangga. 他孩子不好的行為鄰居也知道了。

Li Li tak kelihatan beberapa minggu ini. 這幾週都見不到李麗。

4 ke-an 形式的動詞除上面表示被動語態的能動語氣外，還可以表示被動語態遭受語氣。它用來說明某人或某事物的遭遇。這種遭遇是當事者所未預料的，詞根可以是名詞、形容詞、動詞。如：

Bawalah baju yang hangat, kalau tidak, nanti kedinginan. 帶上厚衣服，要不然等下會冷。

Dia kehujanan kemarin malam. 昨晚他淋雨了。

Mereka berdua ketinggalan kereta api. 他倆沒趕上火車。

Nènèk itu menggigil kedinginan. 那位奶奶冷得發抖。

Banyak petani mati kelaparan. 好多農民餓死了。

某些表示遭受語態的 ke－an 形式的動詞，有時必須跟一個名詞或動詞作補語；有時這種形式的動詞位於另一動詞之後，作說明原因的狀語。

文化小觀察

　　印尼的三輪車一般是乘客座位在前，車夫在後。儘管印尼一年到頭都很熱，三輪車卻不裝頂篷，所以非常曬，尤其是正午時分。雨季時會突然下一陣大雨，坐三輪車也不適合；在印尼乘坐計程車時，要注意挑選講信譽的公司；摩托車依然是印尼目前來講重要的交通工具之一，但因為路窄、車多、車速快等因素，故不建議搭乘。

 會話 ❶

🔊 26-1

A　Jam berapa sekarang?
　　現在幾點？

B　Sekarang jam empat, mau ke mana?
　　現在 4 點，要去哪？

A　Menurut jam tangan saya, sekarang sudah jam lima.
　　我的錶是 5 點。

B　Kok bisa lain? Saya kira jam saya betul karena tadi pagi saya cocokkan dengan yang di TV.
　　怎麼會不一樣？我的準吧，今早我對過電視啊。

A　Oh, saya ingat. Waktu di Jakarta lebih lambat satu jam daripada di Taiwan.
　　哦，我想起來了，雅加達比台灣要晚一個小時。

B　Jadi jam kita tidak ada yang salah, cuma kamu lupa mencocokkan dengan waktu sini.
　　看來我們的錶沒問題，只是你忘了調成這邊的時間。

〉會話 ❷ 〈

🔊 26-2

A Jam berapa sekarang?
幾點了？

B Jam Lima kurang tujuh, kamu mau keluar?
5 點差 7 分，你要出門？

A Saya ada janji sama Linda untuk belanja.
我跟琳達約好去買東西。

B Jam berapa janjinya?
約了幾點鐘？

A Janjinya jam setengah lima sore bertemu di Mangga Dua, jadi masih ada waktu.
約了下午 4 點半在 Mangga Dua 見面，還早。

B Kamu udah terlambat hampir setengah jam.
啊？你已經晚了差不多半小時。

A Masa?
怎麼會？

B Kamu salah mengerti waktu Indonesia. Tapi tak usah kuatir, di sini sudah biasa jam karet.
你搞錯印尼時間了。不過也不用擔心，印尼人習慣不準時。

A Malu saya, saya mesti buru-buru naik taksi.
真丟臉，我得趕緊叫車。

> 會話 ❸ <

A Katanya di Indonesia ada tiga waktu.
聽說印尼有三個時間。

B Ya, WIB, WITA, dan WIT.
對啊，印尼西部時間、印尼中部時間、印尼東部時間。

A Maksudnya?
什麼意思？

B Sumatra, Jawa, Kalimantan termasuk WIB; Nusa Tenggara, Sulawesi termasuk WITA; Maluku dan Papua termasuk WIT.
蘇門答臘、爪哇、加里曼丹等島屬於西部時間；努沙登加拉、蘇拉威西部屬於中部時間；馬魯古、巴布亞屬於東部時間。

A Bedanya?
有什麼不同？

B WITA lebih cepat satu jam daripada WIB, tapi lebih lambat satu jam daripada WIT.
中部比西部早一個小時，但是比東部要晚一個小時。

A Jadi Bali lebih cepat satu jam daripada Jakarta?
那是說峇里島比雅加達要早一個小時？

B Bener, pinter kamu!
對啊，你真聰明。

生詞表

jam tangan 手錶	mencocokkan 撥正、適應
TV = télévisi 電視	ingat 想起，記得
waktu 時間	lambat 慢，遲到
lupa 忘記	keluar 出去
janji 約會	bertemu 見面
masa 怎麼會	mengerti 明白
kuatir 擔心	jam karét 橡皮時間
malu 害羞	termasuk 包括、屬於

🔊 **26-5**

◆ Numpang tanya, jam berapa sekarang? 請問，現在幾點？

◆ Maaf, jam tangan saya rusak. 對不起，我的手錶壞了。

◆ Jam tangan saya terlalu cepat. 我的手錶走快了。

◆ Jam tangan saya kurang tepat. 我的錶不太準。

◆ Selisih waktu WIB dengan WITA 1 jam. 印尼西部時間與中部時間相差一小時。

◆ Selisih waktu Taiwan dengan Jakarta 1 jam. 台灣跟雅加達相差一小時。

◆ Taiwan lebih cepat 1 jam daripada Jakarta. 台灣比雅加達早一小時。

◆ Kalau orang Taiwan ke Bali, tak usah mencocokkan jam tangan. 台灣人去峇里島，不用調錶。

◆ Sudah waktunya untuk... 是……時候了。

◆ Sekarang waktu sarapan. 現在是早餐時間。

◆ Sekarang waktu istirahat. 現在是休息時間。

◆ Sekarang kita berangkat. 現在我們出發。

◆ Akhir minggu ini kami ada banyak acara. 週末我們很多節目。

◆ Sebelum saya datang... 在我來……之前

◆ Sesudah saya datang... 在我來……之後

◆ Ketika kami bertemu di... 當我們在……見面時

◆ Beberapa hari ini dia agak sibuk. 最近幾天他有點忙。

◆ Belakangan ini kesehatan ibunya menurun. 近來她媽媽身體每況愈下。

◆ Waktu kami tiba di... 當我們抵達……的時候

◆ Tiga hari kemudian dia baru tahu. 三天後他才知道。

◆ Toko kami akan pindah dua bulan lagi. 再過兩個月我的店要搬了。

◆ Beliau tiba tepat pada waktunya. 他準時抵達。

◆ Acara kami terpaksa ditunda sampai jam 10. 我們的節目被迫延遲到 10 點。

◆ Tunggu sebentar, dia akan segera datang. 等一會，他馬上來。

註釋

❶ WIB = Waktu Indonesia Barat 印尼西部時間，WITA = Waktu Indonesia Tengah 印尼中部時間，WIT = Waktu Indonesia Timur 印尼東部時間。

❷ mengerti 這個詞比較特殊，其被動形式為 dimengerti。

❸ jam karet 不準時或拖延時間。印尼人由於天氣炎熱等客觀原因，時間觀念不是很好，加上本性又比較悠哉、散漫，通常都不太會遵守約定時間。尤其是開會等活動遲到或隨意拖延現象很普遍，這種現象被說成是橡皮時間。

❹ 由 ter- 構成的接續動詞

(1) 表示被動語態完成體

A. ter- 表示動作已經完成。如：

Sayur-mayur itu habis terjual dalam sehari saja. 蔬菜一天內賣完。

Banyak lauk dan sayur tersedia di kantin hari ini. 今天餐廳準備了很多菜。

有時為了更加明確地說明動作已經完成，在 ter- 為前綴的動詞前加 sudah。如：

Banyak lauk dan sayur sudah tersedia di kantin hari ini. 餐廳今天已準備好了很多菜。

Nama-nama mereka sudah tertulis semua di buku itu. 他們的名字全寫在那本書上了。

B. ter- 表示動作完成後的狀態。如：

Guangzhou terletak di bagian delta Sungai Mutiara. 廣州位於珠江三角洲。

Di dinding itu tergantung sebuah gambar berwarna-warni. 那牆上掛著彩畫。

Banyak lapangan olahraga terdapat di kampus kami. 我們校園裡好多運動場。

注意

表示動作完成後的狀態的動詞，不能加施動者。這類句子中常常有表示地點的狀語。

(2) 表示無意體，即說明施動者進行某項動作或發生某種心理變化是無意識的，不自覺地或突然的。如：

Adik terjatuh dari tangga. 弟弟從樓梯上摔了下來。

Ia terlalu lelah sehingga tertidur di kursi. 他太累了，在椅子上睡著了。

Ia jatuh terduduk karena tidak hati-hati. 一不小心他跌坐在地。

(3) 表示被動語態能動語氣，說明一個動作或行為是否能進行或發生。如：

Peti itu tak terangkat oleh ayahku. 我父親扛不動那箱子。

Mobil yang mahal tak terbeli oleh orang tua Ma Li. 馬麗爸媽買不起貴的車子。

Keindahan Gunung Rinjani tak tergambarkan. 林賈尼火山的美無法描述。

Penyakit orang itu tak terobati. 那人的病治不了了。

文化小觀察

　　印尼全國分三個時間：印尼西部時間、印尼中部時間、印尼東部時間。整個爪哇島都屬於印尼西部時間，即與雅加達一致。雅加達比台灣晚一小時（如：台灣3點，雅加達2點），搭乘飛機時要特別留意；而峇里島與台灣時間剛好一致。

做客

會話 ❶

🔊 27-1

A Gimana kalau besok malam kita bertamu ke rumah Bu Mutia?
明晚我們去姆蒂雅老師家做客好嗎？

B Baik. Beliau sudah tahu kita akan ke rumahnya?
好啊。她知道我們明晚要去嗎？

B Belum, perlu dikasih tahu?
不知道，要告訴她嗎？

A Lebih baik janji dulu, kalau tidak, rasanya kurang sopan.
最好事先約好，要不然不太禮貌。

B Jadi gimana?
那怎麼辦？

A Saya telepon sama Bu Mutia dulu.
我先打電話給她。

B Untung ada kamu!
幸好有你提醒。

〉會話 ❷ 〈

A dan B
Selamat malam, Bu Mutia!
晚安，姆蒂雅老師。

C
Selamat malam! Silakan masuk!
晚安！請進！

A
Ini buah-buahan buat anak Ibu.
這是給孩子們吃的水果。

C
Terima kasih! Mau minum apa? Teh atau kopi?
你們太客氣了！要喝什麼？茶還是咖啡？

A
Tak usah repot-repot, Bu!
不用麻煩，老師。

C
Repot apa? Seadanya aja.
麻煩什麼呀？有什麼喝什麼。

A
Kalau gitu, teh aja.
那就茶吧。

B
Saya kopi aja.
我要咖啡。

C
Teh pakai gula?
茶要加糖嗎？

A
Tak usah.
不用。

C
Dan ini kue bikinan pembantu kami, coba dicicipi.
這是我們家阿姨做的糕點，嚐一下。

A dan B
Enak sekali kuenya.
很好吃。

C
Terima kasih!
謝謝！

> 會話 ❸ <

🔊 **27-3**

A　Wah, sudah hampir jam 22:00.
　　哇，差不多 10 點了。

B　Kami permisi dulu, Bu! Maaf, kami sudah banyak merepotkan.
　　我們得告辭了，給您添麻煩了。

C　Nggak, sama sekali nggak repot. Kue ini dihabiskan, ya.
　　一點都不麻煩。吃完糕點再走吧。

A　Sudah kenyang sekali. Terima kasih!
　　很飽了，謝謝！

C　Sama-sama! Kami juga senang sekali didatangi tamu.
　　不用客氣！有客人來我們很高興！

A　Selamat malam, Bu!
　　阿姨晚安！

C　Selamat jalan! Kalau ada waktu, sering-sering mampir, ya.
　　慢走！有空經常來啊。

A　Terima kasih! dan sampai jumpa lagi!
　　好的，再見！

生詞表

bertamu 做客	rasa 感覺、味道
sopan 禮貌	buah-buahan 水果
répot 麻煩	seadanya 有什麼吃什麼
kué 糕點	bikinan 做的
pembantu 保母、助手	coba 請；試
mencicipi 品嚐	énak 美味
permisi 告辭	merépotkan 麻煩別人
sama sekali 完全（不）	kenyang 飽
mendatangi 光臨	

◆ Permisi, ini rumah Bu Mutia? 不好意思，這裡是姆蒂雅阿姨家嗎？

◆ Ayo masuk! 進來呀！

◆ Silakan masuk! 請進！

◆ Kapan Anda datang di Jakarta? 你什麼時候到雅加達的？

◆ Mau minum apa? 喝點什麼？

◆ Jangan repot-repot, Bu. 不用麻煩，阿姨。

◆ Silakan diminum kopinya. 請喝咖啡。

◆ Silakan dicicipi kuenya. 請嚐嚐糕點。

◆ Jangan segan-segan. / Tak usah sungkan-sungkan. 不用難為情。

◆ Mau kopi atau teh? 咖啡還是茶？

◆ Sudah malam. Kami pamit dulu, Bu. 已經很晚了，阿姨我們告辭了。

◆ Pamit dulu, Bu. 阿姨，告辭。

◆ Kami banyak merepotkan. 我們麻煩您了。

◆ Permisi, kami mohon diri. 我們告辭了。

◆ Kedatangan kami banyak mengganggu Ibu. 我們來給您添了很多麻煩呢。

◆ Lain kali datang lagi, ya! 下次再來哦！

◆ Datanglah sewaktu-waktu! 有時間就來噢！

◆ Kalau ada waktu, mampir lagi, ya! 有時間，再來哦。

註釋

❶ répot 是形容詞，表示 "忙碌" 或 "麻煩的" 之意；而 merepotkan 是動詞，表示 "使……忙，麻煩別人" 的意思。

❷ coba 用法：

(1) 表示 "試、試一試"，如：

Kita coba dulu, ya. 咱們先試下吧。

Yang berani coba silakan tampil ke depan. 敢試的請上前。

(2) 用在祈使句中表示語氣的委婉，如：

Coba baca kalimat ini! 請讀這句！

Coba buat kalimat dengan kata ini! 請用該詞造句！

(3) 表示 "假如、設想"，如：

Coba （kalau） saya tidak datang. 試想假如我沒來的話。

Coba tidak dikasih nasi, mati dia. 假如沒給他吃的，他早餓死了。

(4) 語氣詞，表示 "討厭、不愉快" 等意，如：

Coba, saya lagi tidur nyenyak. 真是的，我睡的香香的。

Coba lihat, kacaunya kamar tidur anaknya. 瞧，這孩子的臥室亂的！

❸ sama sekali 多與否定詞連用，表示 "一點也不"、"完全沒" 之意，如：

Saya sama sekali tidak suka berbelanja. 我一點也不喜歡購物。

Saya tidak mau pergi sama sekali. 我一點也不想去。

Hartanya sudah habis sama sekali di Makau. 他的財產在澳門全花光了。

❹ me-i 形式的動詞都是及物動詞，其詞根可為形容詞、名詞和動詞等。

(1) 表示動作的 "地點"、"方向"，詞根一般是詞根性不及物動詞或不及物動詞詞根。如：

Beliau merasa senang kalau didatangi tamu dari luar negeri. 有外國朋友光臨，老人家很開心。

Semua akan menghadiri jamuan malam ini. 大家今晚都要去參加晚宴。

Rumah yang saya tinggali sekarang rumah Li Li. 我現在住的是李麗家。

(2) 表示 "多次"、"持續"，詞根一般是及物動詞的詞根。如：

Pakai obat nyamuk, kalau tidak akan digigiti nyamuk. 用防蚊液吧，要不然會被蚊子咬的。

Ayah pernah memukulinya sampai kakinya patah. 他父親曾打斷過他的腳。

Mereka sedang sibuk memetiki apel. 他們忙著摘蘋果。

(3) 表示 "使有……某特性或狀態"，詞根為表示性狀的形容詞。如：

Dia menghitami wajahnya dengan pewarna. 他用顏料把臉弄黑。

Masakan untuk suaminya dipanasi lagi. 她把給丈夫吃的菜又熱了一遍。

Lampu kecil itu tidak dapat menerangi ruang kelas kami. 那盞小燈照不亮我們的教室。

(4) 表示 "對……有某種心情或使……有某種心情"，詞根是表示心情的形容詞。如：

Anak perempuannya menyenangi musik klasik sejak lahir. 他女兒生來就喜歡古典音樂。

Manusia mudah mengagumi orang-orang yang gagah berani. 人啊很容易崇拜勇敢的人。

Jangan marahi orang lain! 別罵別人！

(5) 表示 "加上" 或 "去掉"，詞根為名詞。如：

Tolong garami mentimun itu! 青瓜請加鹽！

Orang yang hendak kamu surati sudah ada di sini. 你想寫信的人已經在這兒了。

Sawah perlu diairi paling tidak tiga kali setahun. 水田每年至少要灌三次水。

(6) 表示 "以……身份"、"像……似地" 行動，詞根為名詞。如：

Siapa yang dapat mewakili rakyat jelata? 誰能代表老百姓？

Masih terdapat negara yang suka memusuhi Tiongkok. 敵視中國的國家還是有的。

Wali kota Taipei yang mengetuai rombongan kali ini. 這次是台北市長率團訪問。

(7) 表示 "動作的物件"，有些 me-i 形式的動詞跟雙賓語，緊接動詞的是承受動作的人，後是承受動作的事務，詞根為動詞或名詞。如：

Dia pernah mengajari saya bagaimana bertingkah laku yang baik. 他教過我怎樣行為舉止得體。

Teman yang bekerja di Taizhong menawari Li Li sebuah pekerjaan. 台中工作的朋友給李麗介紹一份工作。

Tiap bulan ayah mengirimi saya ongkos hidup. 父親每月寄生活費給我。

文化小觀察

　　印尼人特別講究禮節，朋友客人見面有贈送小禮物的習俗。做客時一般會帶上小禮物如水果等；出門旅遊或出差在外，也會帶上當地特色的名產，送給親朋好友、同事等；印尼人對中國的茶葉、真絲、玉、陶瓷、字畫等情有獨鍾。

購物

〉 會話 ❶ 〈

🔊 28-1

A　Ke mal yuk!
我們去商場吧。

B　Belanja?
買東西？

A　Ya, hari ini kita perlu belanja banyak.
對，今天我們要買很多東西。

B　Saya mau beli baju juga.
我也想買衣服。

A　Yuk!
走吧。

C　Selamat pagi! Silakan masuk!
早安！請進！

A　Mbak ini mau beli baju.
這位小姐想買衣服。

B　Saya suka kebaya berwarna merah muda.
我喜歡粉紅色的襯衣。

C　Warnanya banyak.
有很多顏色。

B　Bisa saya coba dulu?
我可以先試一下嗎？

C　Bisa. Silakan.
當然，請！

> 會話 ❷ <

🔊 28-2

A Ukuran ini kurang cocok, tolong diganti dengan yang lebih kecil.
這個尺寸不合適，請換件小的。

C Model ini memang longgar dikit.
這種款式是要寬鬆些才好。

B Ada motif lain?
還有其他的圖案嗎？

C Ada, tapi ini yang paling bagus.
有，不過這種最漂亮。

B Saya mau beli kemeja batik asli, batik cap, dan batik mesin buat oleh-oleh.
我想買正宗花裙布、印染花裙布和機器做的花裙布作禮物。

C Kalau batik, banyak sekali pilihannya. Silakan pilih!
你要買花裙布，選擇可多了，請慢慢挑！

會話 ❸

28-3

A Sekarang kita ke pasar, beli buah.
現在我們去市場買水果。

B Ini apa?
這是什麼？

C Manggis, Mbak.
山竹，小姐。

A Berapa harganya manggis ini?
怎麼賣？

C Manggis ini paling segar dan manis. Satu biji Rp.2.000.
我的山竹最鮮甜了，一個 2000 盾。

A Kok mahal sekali, bisa kurang?
怎麼那麼貴？可以便宜一點嗎？

B Bisa saya coba?
我能試嗎？

C Bisa sih bisa, cuman nanti dibayar juga.
可以是可以，不過等一下也要付錢。

A Gimana rasanya?
味道怎樣？

B Segar dan manis.
又鮮又甜。

A Dua puluh biji Rp.30.000, ya?
20 個 3 萬盾怎樣？

C Waduh, mana bisa, rugi saya. Sudahlah, Rp.35.000.
啊呀，我會虧的。算了，3.5 萬吧。

生詞表

yuk 感歎詞，來吧	kebaya 女式上衣
warna 顏色	mérah muda 粉紅
ukuran 尺寸、標準	cocok 合適、適合
mengganti 換，更換	modél 款式
longgar 寬鬆	motif 動機；圖案
keméja 男式襯衣	batik 花裙布
asli 真的，正宗的	cap 印章
mesin 機器	oléh-oléh 禮物
pasar 市場	manggis 山竹
segar 新鮮	manis 甜
biji 個，粒	total 總數
waduh 哎呀	rugi 虧

🔊 28-5

❀ 日常用語 ❀

- ◆ Ayo kita belanja ke Mal Wangfujing. 我們去王府井吧。

- ◆ Ibu lagi belanja ke pasar. 媽媽去市場買菜。

- ◆ Saya sering belanja ke toko itu. 我經常去那家店買東西。

- ◆ Kita ke toserba aja. 我們去百貨商店吧。

- ◆ Kalau beli keperluan sehari-hari, ke toko swalayan. 買日用品就去自助商場吧。

- ◆ Bisa ditawar sarung ini? 紗籠（筒裙）可以還價嗎？

- ◆ Ibu ini pintar tawar-menawar. 您真會討價還價。

- ◆ TV ini méréknya apa? 這電視機什麼牌子？

- ◆ Kalau mau beli alat éléktronik, pilih yang méréknya terkenal. 買電器還是要買名牌的。

- ◆ Bisa dicoba? 可以試嗎？

- ◆ Bisa diganti? 可以換嗎？

- ◆ Harganya bisa kurang? 可以便宜一些嗎？

- ◆ Ada diskon? 有折扣嗎？

- ◆ Ini sudah harga cuci gudang. 這是清倉價了。

- ◆ Gramèdia lagi obral besar-besaran. Gramédia（書店）正在清倉大拍賣呢。

- ◆ Menjelang akhir tahun, Mal mulai banting harga. 年終大商場開始大拍賣。

- ◆ Lain mutu lain harganya. 一分價錢一分貨。

- ◆ Tolong pilihkan yang segar dan manis, dong! 幫我挑鮮甜的！

- ◆ Kemahalan, durian ini. 這榴槤太貴了。

- ◆ Apelnya berapa sekilo? 蘋果一公斤多少錢？

- ◆ Telurnya berapa satu butir? 雞蛋一個多少錢？

- ◆ Tolong kasih yang segar! 請給我新鮮的！

- ◆ Buahnya belum matang. 果子還沒熟呢。

- ◆ Mangga ini asam manis rasanya. 芒果酸酸甜甜的。

- ◆ Buahnya tidak segar lagi. 這種水果不新鮮了。

- ◆ Makanan ini sudah busuk. 這食品已變味。

◆ Makanan ini sudah kadaluwarsa. 這食品已過期。

◆ Saya mau coba kemeja yang dipajang di étalase. 我想試一下擺在櫥窗裡的那件襯衣。

◆ Saya mau coba yang dipakai model itu. 我想試一下模特兒穿的。

◆ Apakah kain ini mudah luntur? 這種布容易掉色嗎？

◆ Kain semacam ini halus rasanya. 這種布手感很細滑。

◆ Kain semacam ini warnanya lembut. 這種布顏色很柔和。

◆ Saya suka kain katun. 我喜歡棉布。

◆ Kemejanya terlalu longgar. 襯衣太鬆了。

◆ Ukurannya kebesaran. 太大了。

◆ Kebaya ini agak sempit. 這件上衣窄了些。

◆ Model ini kurang cocok dengan saya. 這種款式不太適合我。

◆ Pas betul! 正好！

◆ Saya kurang pasti warna mana yang lebih cocok buat saya. 我不太肯定哪種顏色我穿了好看。

◆ Warna hitam kurang serasi dengan warna kulit saya. 黑色跟我膚色不配。

◆ Kami mau beli batik. 我們想買花裙。

◆ Batik cap atau batik tulis? 是手工還是印染花裙？

◆ Motif batik bermacam-macam. 花裙圖案有很多種。

◆ Saya mau beli kemeja batik lengan pendek. 我想買短袖的花裙襯衫。

◆ Ini model yang paling populer. 這是最新款。

◆ Model ini agak ketinggalan jaman. 這種款式有點落伍了。

◆ Lengannya terlalu pendek. 袖子太短。

◆ Bahan baju ini tembus pandang. 這種衣服材料容易走光。

◆ Saya mau beli kaos. 我想買恤衫。

◆ Switer ini cukup hangat. 這件毛衣夠暖。

◆ Mantel macam ini tahan dingin. 外套穿了耐寒。

◆ Jakét ini ada warna coklat? 這件夾克有咖啡色嗎？

◆ Baju dalam di mana? 哪兒有內衣買？

◆ Saya belum pakai sepatu hak tinggi. 我沒穿過高跟鞋。

◆ Pakai sandal kurang sopan. 穿拖鞋不禮貌。

註釋

❶ menawar

(1) 出價，如：

Kalau menawar Rp. 100 juta, tidak ada yang berminat. 出價一億盾，沒人感興趣。

Rumah ini ditawar dengan harga yang amat tinggi. 這房子要價太高。

(2) 還價，如：

Ini sudah harga mati, tidak bisa ditawar. 這已是固定價，不能還價。

Ini mal, barang di sini tidak boleh ditawar harganya. 大商場的東西不能還價。

tawar-menawar：討價還價。如：

Setelah tawar-menawar, transaksi baru jadi. 討價還價後，交易才成。

Kalau naik becak, mesti tawar-menawar. 坐三輪車，一定得討價還價。

❷ batik 蠟染布，又譯花裙布。2009 年，印尼蠟染布確且地說蠟染布技術剛被列入世界非物質文化遺產之一。印尼花裙以歷史悠久、圖案精美多樣而著名，一般分為 batik tulis 手繪圖的花裙、batik cap 用模子印染的花裙、batik mesin 機器批量生產的花裙。其中 batik tulis 價格最為昂貴，batik mesin 最便宜。

❸ warna 顏色，berwarna-warni 五顏六色。印尼語中表示顏色的詞有：

mérah 紅	hijau 綠
kuning 黃	putih 白
hitam 黑	biru 藍
coklat 咖啡色	mérah tua 深紅／暗紅
mérah muda 粉紅／淡紅	kemérah-mérahan 粉紅／淡紅

❹ buah-buahan 各種各樣的水果。常見的水果有：

apel 蘋果	arbéi 酸梅
céri 櫻桃	delima 石榴
duku 杜古果	durian 榴槤
jambu 石榴	jeruk 橘子
jeruk Bali 峇里橘	jeruk manis 柳丁
kelapa 木瓜	kesemak 柿子
kurma 棗子	léci 荔枝
léngkéng 龍眼	mangga 芒果
manggis 山竹	nangka 菠蘿蜜
pepaya 木瓜	pérsik 桃
pir / pér 梨	pisang 香蕉
rambutan 紅毛丹	salak 蛇皮果
sawo 人心果	semangka 西瓜
sirsak 番荔枝	strobéri 草莓
tebu 甘蔗	

　　印尼比較有特色可買回來做伴手禮的有 batik 襯衫，價格要視其布料、圖案、手繪還是機器批量生產而定；還有 kerupuk udang（蝦片）很不錯，蝦味特別香濃；印尼的燕窩產量占世界總產量的 80%，屬於貴重禮物，在印尼購買相對會便宜很多。

STEP
04

附錄

生詞彙總

ada 有 （13）
adik 弟弟、妹妹 （4）
agak 有點 （16）
agén 代理 （14）
aja = saja 而已 （12）
akan 將 （12）
akhir-akhir ini 近來 （12）
alamat 地址 （18）
aman 安全 （25）
anak 孩子 （12）
Anda sekalian 你們 （4）
Anda 你，您 （4）
anéh 奇怪 （23）
apa 什麼 （2）
apakah（構成是非疑問句）是不是 （14）
apa lagi 還有什麼 （13）
apalagi 何況 （19）
api 火 （2）
argo 計程車錶 （25）
asli 真的，正宗的 （28）
atas（介詞）對……；以……名義；由於（16）
ayam bakar 烤雞 （23）
ayo （招呼人）來，來吧 （13）
babi 豬 （2）
bagasi 行李 （17）
bagus 漂亮 （10）
bahasa 語言 （5）
baik 好 （6）
bambu 竹 （2）
bandara = bandar udara 機場 （12）
banget（口語）非常 （13）
bank 銀行 （18）
banyak 多 （18）
bapak 父親、先生、男老師 （4）
baru 新 （4）
bata 磚 （3）
batik 花裙布 （28）
batu 石頭 （3）
bébas 自由的；無……的 （16）

beberapa 幾個、一些（19）
bécak 三輪車 （25）
béda 差別，不同 （20）
begini 這樣 （21）
begitu 那樣 （18）
bekerja 工作 （10）
belanja = berbelanja 購物 （11）
belum 沒有 （12）
benar 對，正確 （20）
berangkat 出發 （11）
berapa 多少 （12）
berbéda 不同 （19）
berbélok 轉彎 （18）
berbicara 談話 （21）
bérés 搞定 （15）
beristirahat 休息 （21）
berkala 定期的 （20）
berkenalan 認識 （11）
bersama = bersama-sama 一起 （12）
bersama-sama 一起 （10）
bertamasya 旅遊 （10）
bertamu 做客 （27）
bertemu 見面 （26）
besar 大 （12）
benar 對，正確 （14）
betul 對，正確 （16）
biar 讓…… （17）
biar lambat asal selamat 只要安全慢點沒關係 （24）
biasa 普通，一般 （20）
biasanya 一般來說 （20）
biaya 費用 （15）
bibi 嬸嬸 （2）
biji 個，粒 （28）
bikin 弄，搞 （15）
bikinan 做的 （27）
biro turis 旅行社 （15）
bus 公車 （24）
bisa 會，行 （10）
bisnis 生意 （15）
boléh 可以 （11）
bonus 獎勵 （20）
buah-buahan 水果 （27）
buat = untuk 做，為 （21）
buka 開 （25）

bukan 不是	（6）	gratis 免費	（20）
buku 書	（4）	gula 糖	（23）
buru-buru（terburu-buru）趕時間	（16）	guru 老師	（4）
bus antarkota 長途汽車	（25）	habis 然後	（18）
bus kota 市區公車	（24）	habis 結束、用完、（口語）在……之後	（12）
bus transjakarta 雅加達市區公車	（24）	hadir 出席	（21）
cantik 美麗	（11）	halo 你好	（12）
cap 印章	（28）	halte 公車站	（25）
capék 累	（11）	hampir 差不多，幾乎	（11）
cara 方法	（15）	harga 價格	（20）
cepat 快	（16）	harus 應該，必須	（15）
ciri khas 特色	（23）	hotél 酒店	（16）
coba 請；試	（27）	HP 手機	（18）
cocok 合適、適合	（28）	ibu 媽媽、夫人、女老師	（4）
cuaca 天氣	（25）	ikut 跟著；參加	（11）
cuma 只是	（20）	Indonésia 印尼	（5）
dalam 裡面	（19）	ingat 想起，記得	（26）
dapat 能	（11）	ingin 想，要	（14）
daripada 比……	（19）	ini 這個	（2）
dasar 基礎	（5）	interlokal 國內長途	（21）
datang 來	（11）	internasional 國際	（21）
daun 葉子	（3）	internét 網路	（22）
déh 語氣詞，吧、啦	（24）	itu 那個	（3）
demam 發燒	（21）	iya（口語）= ya 是的，對	（10）
demi 為了	（12）	izin 批准，許可	（21）
dengan（介詞）與……，跟……	（11）	jadi 那麼	（10）
dengan 以……方式	（20）	jalan kaki 步行	（24）
depan 前面	（14）	jalan 路；走路	（10）
di（介詞）在……	（11）	jam karét 橡皮時間	（26）
dia 他、她	（3）	jam sibuk 尖峰時間	（24）
diréktur 經理	（21）	jam tangan 手錶	（26）
diskon 打折，優惠	（22）	janji 約會	（26）
dokter 醫生	（21）	jauh 遠	（20）
dong 語助詞：嘛	（20）	juga 也	（10）
duduk 坐	（6）	jus pepaya 木瓜汁	（23）
duit（口語）= uang 錢	（19）	kabar 消息	（6）
dulu ……先；以前	（10）	kado 禮物	（13）
énak 美味	（27）	kakak 哥哥、姐姐	（4）
és 冰	（23）	kaki lima 屋簷、騎樓	（20）
fakultas 系，學院	（21）	kalah 輸	（22）
gampang 容易	（19）	kalau 假如	（10）
ganti 換	（20）	kalau begitu 那麼	（10）
gerbang 大門	（18）	kamar 房間	（5）
gimana = bagaimana 怎麼樣	（10）	kami 我們	（4）
gramédia 印尼最大的書店名	（24）	kanan 右	（15）

karena 因為	（17）	lama 舊	（4）
kartu 卡	（18）	lambat 慢，遲到	（26）
kasih （口語）給	（23）	lampu 燈	（4）
kasih tahu （口語）告訴	（18）	langsung 直接	（12）
kasir 出納	（23）	lantai 地板	（4）
katanya 據說	（12）	lantai 樓層	（12）
ke （介詞）表示方向	（11）	lauk pauk 煮好的菜餚	（23）
kebanyakan 大多數	（25）	lebih 比……更……	（12）
kebaya 女式上衣	（28）	lelaki 男人	（6）
kebetulan 剛巧，碰好	（17）	léwat 通過，經過	（15）
kelas　班、班級	（5）	libur 假期	（12）
kelihatannya 看起來	（25）	lokal 地方的；當地的	（21）
keluar 出去	（26）	lokasi 位置	（22）
kemahalan 太貴	（25）	lokét 窗口	（15）
kembali 不用謝	（6）	longgar 寬鬆	（28）
kembalian 找零	（23）	luar 外面	（17）
keméja 男式襯衣	（28）	lumayan 不算少，還可以	（25）
kenyang 飽	（27）	lupa 忘記	（26）
kepada （介詞）致……、給……	（15）	maaf 對不起	（13）
kepala 頭	（4）	macet 塞車	（12）
kepanasan 遭太陽曬、太熱	（25）	mahal 貴	（18）
keperluan 需要	（21）	mahasiswa 大學生	（5）
keponakan = kemenakan 侄子／女	（12）	majalah 雜誌	（6）
kertas 紙	（4）	maka 所以	（25）
ketemu （口語）見面；找到	（16）	makan 吃、吃飯	（5）
kilométer 公里	（25）	makan waktu 耗時	（17）
kira-kira ……左右	（15）	makasih （口語）= terima kasih 謝謝	（11）
kiri 左	（15）	makin 越來越……	（11）
kok 怎麼	（19）	maksud 意思，意圖	（15）
kondéktur 售票員	（25）	mal 大型商場	（11）
koper 行李箱	（13）	malam 晚上	（5）
kota 城市	（10）	malu 害羞	（26）
kuat 強	（19）	mampir 逗留	（20）
kuatir 擔心	（26）	mana 哪兒	（2）
kué 糕點	（27）	mandi 洗澡	（5）
kuliah 課程；上課	（17）	manggis 山竹	（28）
kunci 鑰匙	（13）	manis 甜	（28）
kurang lebih ……左右	（15）	mari （招呼大家）來吧；告辭時的用語	（11）
kurang 不夠，不足	（12）	Mas 哥哥、老公、老兄、對男子的敬稱	（10）
kurs 匯率	（19）	masa 怎麼會	（26）
kursi 椅子	（4）	masih 還	（14）
lagian （口語）再說	（20）	masuk 進	（6）
lain kali 下次	（19）	mata 眼睛	（3）
lalu 然後	（18）	mau 要，想	（10）
lama 久	（12）	Mbak 大嫂、大姐、小姐、對女子的敬稱	（10）

melihat 看，看見	（14）	menurut 根據，按照	（18）
melihat-lihat 瞧瞧	（11）	menutup 關	（25）
memakai 使用，用	（18）	menyampaikan 轉達	（21）
mémang 的確	（19）	menyeberang 過對面，過馬路	（24）
memanggil 叫	（17）	menyelesaikan 完成	（10）
membangunkan 叫醒	（13）	menyerahkan 遞交	（15）
membantu 幫忙、幫助	（12）	menyéwa 出租	（18）
membawa 攜帶	（22）	menyuruh 吩咐	（18）
membayar 付錢	（14）	mérah muda 粉紅	（28）
membeli 買	（12）	merépotkan 麻煩別人	（27）
memberi tahu 告訴	（14）	merokok 抽煙	（16）
membuat 做、製作	（15）	mesin 機器	（28）
mempercayai 相信	（18）	mesti 必須	（10）
memesan 訂	（12）	méter 米	（24）
memilih 選擇	（25）	minta 請求	（21）
menambah 增加	（21）	minuman 飲料	（23）
menandatangani 簽名	（19）	mobil 汽車	（6）
menawar 討價	（25）	modél 款式	（28）
mencicipi 品嚐	（27）	mohon 請求	（16）
mencocokkan 撥正、適應	（26）	motif 動機；圖案	（28）
mendapat 得到	（15）	mubazir 浪費	（23）
mendatangi 光臨	（27）	mudah 容易	（12）
mendorong 推	（17）	mulut 嘴	（4）
menengah 中等	（5）	murah 便宜	（15）
menerima 收到、接收	（21）	murid 學生	（4）
mengambil 拿	（14）	naik 上	（25）
mengantar = mengantarkan		naik 乘（車）	（18）
mengantarkan 送	（13）	nakal 調皮，不老實	（25）
mengecék 檢查	（16）	nama 名字	（2）
mengenalkan 介紹	（12）	nanti 待會兒	（12）
mengerti 明白	（26）	ngenét （口語）上網	（22）
mengganti 換，更換	（28）	nggak （口語）= tidak	（11）
menghabiskan 吃光、用光	（23）	ngomong-ngomong 閒談、說到	（22）
menghidangkan 端上	（23）	numpang tanya 請問	（18）
menghitung 算	（23）	nyaman 舒適	（19）
menginap 住宿	（16）	nyenyak 熟睡	（11）
mengisi 填寫	（19）	obat 藥	（21）
mengulang 重複、重說	（16）	ojék 拉客	（24）
mengurus 辦理，處理	（15）	oléh （介詞）被，由	（18）
menjemput 接（人）	（17）	oléh-olh 禮物	（28）
menjual 賣	（20）	operator 電信公司	（20）
ménu 菜單	（23）	orang 人	（10）
menugaskan 把任務交給……	（17）	pabéan 海關	（15）
menukar 兌換	（18）	pagi 上午	（5）
menunggu 等	（16）	paling 最	（18）

sering 經常	（12）	tikét 票	（12）
serta 以及	（19）	tinggal 只等	（18）
sesama 同是	（20）	tinggi 高	（16）
setelah 在……之後	（15）	Tionghoa 中華	（5）
siang 中午	（5）	toko 商店	（4）
siapa 誰	（3）	tolong 請求（別人幫忙）	（13）
sibuk 忙	（10）	topi 帽	（3）
sih 嘛，倒是	（12）	total 總數	（28）
silakan 請	（6）	transit 轉機	（14）
singgah 逗留	（12）	troli 手推車	（18）
sini 這兒	（11）	tugas 任務	（10）
sopan 禮貌	（27）	tujuan 目的	（18）
sopir = supir 司機	（25）	turun 下	（25）
soré 下午	（5）	TV = télévisi 電視	（26）
sulung 長子／女	（12）	uang jasa 服務費	（21）
Surabaya 泗水	（14）	uang kembali 找零	（14）
surat 信	（6）	uang muka 訂金	（16）
surat kabar 報紙	（6）	uang 錢	（14）
tadi 剛才	（13）	udah = sudah 已經	（12）
tahu 知道	（14）	ukuran 尺寸、標準	（28）
taksi 計程車	（17）	ulang 重複	（20）
tamu 客人	（3）	ulang tahun 生日	（13）
tanda terima 收據	（15）	untuk（介詞）為了……；給……	（11）
tangan 手	（6）	untung 划算；幸好	（19）
tanpa（介詞）沒有	（23）	usah 與否定詞 tidak 等連用表示 " 不必 "	（17）
tapi = tetapi 但是	（12）	wah 嘆詞，表示驚訝、讚歎等	（24）
tarif 價目	（20）	waduh 哎呀	（28）
tas 包	（3）	waktu 時間	（26）
tata bahasa 語法	（6）	warna 顏色	（28）
téh manis 甜茶	（23）	warnét = warung internét 網咖	（22）
teman 朋友	（3）	wartél = warung téltkomunikasi 電訊所	（18）
tempat 地方	（20）	Wi-Fi 無線網路	（22）
tepat waktu 準時	（17）	visa 簽證	（15）
teratur 整齊	（12）	wisma tamu 招待所	（17）
tergantung 看情況	（20）	ya 是	（6）
terima kasih 謝謝	（6）	yang 置定語前，連接定語和中心詞的作用	（10）
terlambat 遲到	（13）	yuk 感歎詞，來吧	（28）
termasuk 包括、屬於	（26）		
términal 總站	（25）		
ternyata 顯然	（20）		
terserah 悉聽尊便	（16）		
tertentu 固定	（22）		
terus 直接，徑直、繼續	（18）		
tiba 抵達	（15）		
tidur 睡覺	（5）		

國家圖書館出版品預行編目(CIP)資料

實用印尼語教程 / 朱剛琴編著. -- 初版. --
新北市 : 智寬文化, 2014.06
面 ; 公分. --（外語學習系列 ; A010）
ISBN 978-986-87544-6-1（平裝附光碟片）

1.印尼語 2.讀本

803.9118   103009684

外語學習系列 A010

實用印尼語教程

2014年7月 初版第1刷

編著者	朱剛琴
審訂者	王麗蘭（國立政治大學外文中心）
出版者	智寬文化事業有限公司
地址	23558新北市中和區中山路二段409號5樓
E-mail	john620220@hotmail.com
電話	02-77312238・02-82215078
傳真	02-82215075
印刷者	彩之坊科技股份有限公司
總經銷	紅螞蟻圖書有限公司
地址	台北市內湖區舊宗路二段121巷19號
電話	02-27953656
傳真	02-27954100
定價	新台幣400元
郵政劃撥・戶名	50173486・智寬文化事業有限公司

版權所有・侵權必究

版權聲明

本書經由 **世界圖書出版廣東有限公司** 正式授權，同意經由
智寬文化事業有限公司 出版中文繁體字版本。非經書面同
意，不得以任何形式任意重製、轉載。